INS LEISE ZIMMER

Roland Koch

Ins leise Zimmer

ROMAN

Kiepenheuer & Witsch

1. Auflage 2003

Umschlaggestaltung: Barbara Thoben, Köln
Umschlagfoto: © zefa
Gesetzt aus der Garamond Stempel (Berthold) bei Kalle Giese, Overath
Druck und Bindearbeiten: GGP Media, Pößneck
ISBN 3-462-03312-3

Swift as a shadow, short as any dream,
Brief as the lightning in the collied night
That, in a spleen, unfolds both heaven and earth

Shakespeare, A Midsummer Night's Dream

I

Noch während Paul den Seminarraum betritt, hat er vergessen, wie er beginnen wollte. Durch die Fenster sieht er am Ende der Straße zwei Plattenbauten. Es riecht schwach nach Heckenrosen. Eine Stimme, die ihm bekannt vorkommt, sagt einen Satz, den er nicht versteht, er hört nur das Wort »Überraschung«. Er denkt an die letzten Nachmittage mit Gabriele und Bérénice in Amsterdam. Dann spürt er einen Geschmack im Mund, als habe er in eine unreife grüne Frucht gebissen, und ihm fällt ein Zitat von Proust ein, über große Schriftsteller und die Schönheit ihrer Sätze, die unvorhersehbar ist wie die einer Frau, die man noch nicht kennt.

Der Raum ist hoch und hat an drei Seiten doppelflügelige Fenster, ein Raum, um aufzublicken, zu beten, wie in einer Kirche. Es gibt zwei Vorsprünge und dahinter kleinere Seitenschiffe, in die man von vorne aus nicht sehen kann. Überall stehen Tische und Stühle, denn trotz seiner Höhe ist der Raum nicht besonders groß, kein Saal. Paul hat kaum Platz, um zu stehen oder auf und ab zu gehen, er lehnt mit dem Rücken beinahe an der Tafel, hinter seinem Stuhl eingeklemmt.

Tief innen hört er eine seltsame, schmerzliche Musik (und er weiß nicht einmal, wie er sie wahrnimmt, er kann nicht darüber nachdenken), während ihm die ersten Worte eines Liedes im Kopf herumgehen. Im Flugzeug hat er auf dem Stadtplan das Gewandhaus entdeckt, er muß daran vorbeigekommen sein, hat es aber nicht bemerkt. Er war abgelenkt von dem rücksichtslosen Autoverkehr (alle fahren philosophisch gerechtfertigt zu schnell, aus Rache, nicht unbedacht oder leichtsinnig), den alten kreischenden Straßenbahnen, den Universitätsgebäuden (einem Turm), dem kleinen Park, durch den er gegangen ist, aber er erinnert sich an einen großen und windigen Platz, an dem er abbiegen mußte, es gibt dort eine Kneipe mit einer Bierterrasse.

Durch die Fenster scheint es sehr hell, nicht wie im Herbst. Alle Tische sind besetzt, ungefähr zwanzig Studenten sitzen da. Es wird ruhig, er legt seine Bücher, seine Papiere, seinen Schlüsselbund, seine Uhr auf den Tisch, stellt sich vor, beginnt, von seinen Arbeiten zu erzählen, es geht gut, er spürt die Aufmerksamkeit in vielen Gesichtern, da geht die Tür auf, und es kommen sechs neue Studenten. Während sie sich setzen, lächelt er und nimmt einen neuen Anlauf, damit alle seine ersten Sätze hören können. Die meisten reagieren auf seine Stimme, er spürt die Schwingungen, er wird mit ihnen zurechtkommen. Wieder wird er unterbrochen, einige lachen schon, Paul wartet, bis die Nachzügler sich Stühle geholt und Plätze gefunden haben, einige sitzen auf den Fensterbänken oder auf dem Fußboden. Er fängt von vorn an, da sind laute Schritte auf dem Gang zu hören, und die Tür geht abermals auf.

Das ist ja voller als bei der Einführungsveranstaltung, sagt jemand.

Paul fängt zum letzten Mal an, auch als eine einzelne Frau hereinkommt, redet er weiter, sie setzt sich ganz nach hinten, auf den Fußboden, danach bleibt die Tür geschlossen. Er bittet alle, sich vorzustellen, ein kleines Statement abzugeben, welche Art von Essay sie interessiert, welches Thema. Paul merkt, daß er kein Gespür dafür hat, wer aus dem Osten stammt und wer aus dem Westen, er kann äußerlich und von der Aussprache kaum Unterschiede feststellen.

Die Frau, die zuletzt gekommen ist, spricht von einer Schere im Kopf, sie hat eine dicke Haarsträhne mitten im Gesicht, und Paul denkt einen Moment lang über ihre Frisur nach, hat dann aber nicht verstanden, was sie eigentlich sagen will, oder ob sie nur ein Schlagwort benutzt. Er hat auch ihren Namen nicht verstanden. Er kann sich heute nicht alle Namen merken. Die meisten sind gekommen, um französische Essays zu lesen, es stellt sich heraus, daß die Themen Liebe, Erotik, Sexualität in der Literatur sein könnten. Ihm fallen dazu ein paar Titel ein, und er vergibt die ersten Referatthemen.

Was interessiert Sie daran? fragt er.

Sex ist in der Literatur doch immer schöner als in Wirklichkeit, sagt die Frau mit der Haarsträhne.

Paul spürt, wie sie Wärme in den Raum abgibt.

Stimmt gar nicht! Genau umgekehrt, widerspricht eine hübsche dunkelhaarige Frau.

Zum ersten Mal lachen alle. Es gibt einen kurzen Disput zwischen den beiden Frauen, bevor die, die begonnen hat, merkt, daß sie mit ihrer Position nicht weiterkommt.

Das wäre ein Thema, sagt Paul.

Die, die widersprochen hat, sitzt vor einer Vase mit einem Blumenstrauß. (Paul sieht das die ganze Zeit, aber er nimmt es nicht bewußt auf, er fragt sich nicht, was es bedeutet.) Sie hat schwarze Augen und diese Girlie-Zöpfe. Irgend etwas stimmt nicht mit ihren Fingernägeln, als seien sie angekaut, von einer Infektion aufgeweicht und verdickt, oder als habe sie mit einer Chemikalie zu tun. Paul zählt im stillen, auch die, die hinten an den Seiten sitzen, und kommt auf zweiunddreißig. Es ist, als wären sie ab jetzt aufeinander angewiesen, wie eine Schiffsbesatzung, denn das Schiff hat abgelegt und kommt allmählich in Fahrt.

Paul beobachtet die, die gerade nicht reden. Er beobachtet die, die ihn mustern. Er entfaltet sich wie eine Knospe, die lange daran gehindert worden ist. Er spürt seine eigene Kraft.

Die Vorstellung hat eine Stunde gedauert, Paul sieht seine Uhr vor sich und ist froh, daß er es fast geschafft hat (gleichzeitig hätte er Lust, noch lange so weiterzureden). Er verteilt seine Kopien, für jeden zwei Seiten, jemand bietet an, das für ihn weiterzureichen, aber er läuft lieber selbst einmal durch den Raum, sieht dabei alle von nahem. Es fehlen sieben Exemplare, und ein Student mit hamburgischem (norddeutschem) Akzent geht zum Kopierer. Er wäre derjenige, der immer zuerst das Land entdeckt, die anderen Schiffe, das Rettungsboot, den Hubschrauber. Als er wiederkommt, ist die Zeit um. Die hübsche Frau mit den Zöpfen ist bereit, nächste Woche ein kurzes Referat über den Text zu halten, den Paul verteilt hat. Als alle aufstehen, fragt er sie, was die Blumen zu bedeuten haben. Sie hat Geburtstag. Paul gratuliert ihr.

Wie alt werden Sie denn? fragt er.

Dreiundzwanzig.

Das ist doch ein schönes Alter, sagt er.

Meinen Sie?

Er geht nach oben, schließt sein Büro auf, erleichtert. Es ist sehr gut gelaufen. Wenn nächste Woche alle wiederkommen, hat er den richtigen Einstieg gefunden. Aber das steht noch nicht fest. Er geht in dem großen Büro auf und ab, sieht aus dem kleinen runden Fenster an der Kopfseite (er muß auf eine Stufe steigen) und aus dem schrägen Dachfenster, das nur über eine Holztreppe zu erreichen ist. Zu der Sitzgruppe gehört sogar ein kleiner Diwan oder eine Liege. Die Pause geht nicht herum. Er hat den Drang, weiterzumachen. Ist er froh, weit weg von Gabriele und Bérénice zu sein? Er weiß, wie einsam er in letzter Zeit gewesen ist, er saugt dieses Gemeinschaftsgefühl in sich auf.

In dem anschließenden Lyrikseminar sind fast dieselben Teilnehmer, zwei oder drei weggeblieben, ein paar hinzugekommen. Paul stellt sich wieder kurz vor. Diesmal redet er selbst über die moderne französische Lyrik, nennt Namen und Titel, bis er merkt, daß es genug ist. Er wechselt wieder in das Geplauder von vorhin. Jeder soll ein Gedicht nennen, das ihm wichtig erscheint (und später den Autor und sein Werk im Seminar vorstellen). Er ist schon ziemlich müde von dem vielen Reden, läßt einen Moment in der Konzentration nach und versucht, die Fähigkeiten der einzelnen einzuschätzen. Er hat nicht auf die Bemerkung eines Studenten reagiert.

Sie wirken so desillusioniert, sagt eine Frau in der letzten Reihe.

Es ist still, und alle sehen Paul an.

Er vergißt, was er sagen will, und hat den Faden verloren.

Wie meinen Sie das? fragt er.

Aber sie spürt, daß sie etwas Peinliches gesagt hat und will nicht weiter darüber sprechen. Paul fällt aus der Rolle und erzählt ein wenig, warum er desillusioniert sein könnte (als müsse er diese Beobachtung unbedingt verteidigen). Er spricht von sich, von seinem Studium in Paris, seinen Stellen in Köln und Amsterdam. Er erzählt, daß er jede Woche von Amsterdam pendelt, ohne zu übernachten. Er kommt sich selbst pessimistisch vor, auch zu kompliziert.

Die Frau ist blond, im selben Alter wie die meisten hier, Mitte zwanzig, sie wirkt kräftig, schwer (obwohl sie nicht dick ist), und Paul bemerkt, daß ihre Augen außen spitz zulaufen. Das ist kein Mensch, mit dem er gern Streit hätte, er spürt etwas Aggressives, so als könne sie sehr wütend werden, intrigieren, jemandem schaden. Er hätte Lust, ihr eine schwere Hausarbeit zu geben, aber das sähe nach Strafe aus, nach Schule, und er würde sich eine Blöße geben. Er wird das anders machen.

Er gibt einem jungen, ziemlich rebellisch wirkenden Studenten mit gelbgefärbten Haaren eine Gedichtanthologie als Referatthema, der sucht nach Ausreden, Paul bleibt bestimmend. (Einige lachen schon darüber.) Er vergißt, auf die Uhr zu sehen und hört denen zu, die etwas über ihre Lieblingsgedichte sagen.

Es sind ganz verschiedene Studenten da, die harten, anarchistischen, mit grimmigem Blick, die korpulenten Frauen, die sich zu diesen harten Typen hingezogen fühlen, die verschmitzten, vorlauten, die Metaphysiker, die eigentlich die empirischen Verhältnisse verachten, die attraktiven, die Frauen mit gleichmäßigen Gesichtern, geraden Beinen und langen blonden Haaren (die Paul schwer auseinanderhalten kann) und die Braven, denen man ansieht, daß ihre Eltern (meistens Lehrer) stolz auf sie sind. (»Unsere Tochter studiert an einem ganz besonderen Institut, sie schreibt selbst Gedichte, vielleicht wird sie sogar Schriftstellerin.«)

Zwei Frauen sind Paul gleich aufgefallen, eine hübsche, sehr junge, mit rotgefärbten Zöpfen, die noch wie ein Kind aussieht (ein Kind der Kohl-Zeit, sie hat mit Sicherheit die Hälfte ihres Lebens unter Kohl verbracht, ob sie aus dem Westen oder aus dem Osten kommt), und eine nicht viel ältere, füllige, weibliche, reizvolle Frau, die von allen den stärksten (sächsischen) Akzent hat.

Er bricht um kurz nach halb vier ab, mit der Begründung, daß er zum Flughafen muß, er spürt, daß das zu früh ist, wie eine leichte Enttäuschung im Raum liegt, bei den Studenten, aber am meisten bei ihm. Es ist eine Schwingung von Erwartung, von Hoffnung, von Aufbruch. Paul verspricht, daß nächste Woche mehr Zeit ist, und kündigt seine Sprechstunde für sechzehn bis siebzehn Uhr an (ab übernächste Woche, denn da wird er nicht mehr fliegen). Eine Frau fragt ihn leise, ob sie wirklich ein eigenes Gedicht vorstellen kann, er muß lachen und bestätigt es ihr.

Es ist, als sei er schon lange hier und lange bekannt, er weiß, daß er eines Tages weggehen wird, und das ist schon in diesem Abschied enthalten. Er geht nach oben ins Büro, holt seine Jacke und seine Reisetasche, macht das Licht aus, schaltet den Kopierer ab, schließt zu, dann geht er in den ersten Stock, ein paar Frauen stehen vor den Toiletten, die er auch abschließen muß. Sie gehen allmählich alle nach unten, es wird immer schwerer, abzureisen, er würde gern noch etwas sagen, zu der Frau mit der Haarsträhne zum Beispiel.

Sie wirkt ernst, aber Paul fällt auf, daß sie keinerlei Falten auf der Stirn macht, weder Querfalten, die besondere Aufmerksamkeit, noch Längsfalten, die innere Konflikte ausdrücken könnten, es scheint, als habe sie die Augenbrauen immer leicht erhoben und die Augen weiter geöffnet als normal, aber ihr Gesicht bleibt glatt. Sie trägt keine Jacke, trotzdem scheint ihr nicht kalt zu sein. Er sucht, bis er den passenden Schlüssel findet, und schließt die Haustür ab.

Ich muß alles abschließen, sagt er, um zu zeigen, daß er etwas sagen will.

Undankbare Aufgabe, sagt sie, und als er das Tor abgeschlossen hat, muß er sich zwingen, loszulaufen, es ist immer noch mild, und er fühlt sich, als hätte er die falsche Entscheidung getroffen, als wäre er besser bei ihnen geblieben, die er so vielleicht nie wiedersehen wird (ein abergläubischer Gedanke).

Der Weg zurück kommt ihm weiter vor als heute mittag, er rennt mit der schweren Tasche, gerät außer Atem, die Leute bewegen sich hier langsam, sie machen ihre Freitagnachmittagseinkäufe und haben Zeit. Paul kommt gerade angelaufen, als der Bus abfahren will, es ist ein anderer Fahrer, auf einmal hat er wieder die Musik im Kopf, den Anfang. »Ja, du weißt es«, beginnt das Lied, er muß es sich zu Hause unbedingt anhören. Der Fahrer erkundigt sich unterwegs über Funk nach den Staus, und sie kommen pünktlich am Flughafen an.

In der Abflughalle ist es hektisch, es gibt Kanapees mit Lachs und Käse, Paul ist auf einmal hungrig und ißt gierig davon (viel mehr als die anderen, denkt er). Er kann sogar Gabriele anrufen, sagen, daß alles gutgegangen ist, sie erzählt, daß die Dachdecker da sind. Im Flugzeug erkennt er einige Passagiere von heute morgen wieder, er hat Durst und bedauert, daß er kein Bier trinken darf wie die anderen, weil er das Auto im Parkhaus abholen muß. Er freut sich auf nächste Woche, er beschließt, sich intensiv vorzubereiten und mehr Eindruck zu machen. Er hat die (unsinnige) Angst, daß nicht alle Studenten wiederkommen, daß viele wegbleiben, gerade die, die er gerne in seinen Seminaren sehen würde. Eigentlich müßte er sich ein Zimmer in Leipzig nehmen, er dachte, er könne die Miete sparen.

Er ist nicht mehr nüchtern, er redet ununterbrochen mit sich, endlich fallen ihm großartige Antworten ein, witzige Bemerkungen, Wortspiele, Anspielungen. Ihm werden Sätze bewußt, die einzelne Studenten gesagt haben, die er gehört, aber nicht sofort aufgenommen hat.

Die füllige Frau aus Sachsen hat bemerkt: »Ich hoffe, es wird nicht zu trocken.« Ist das naiv oder durchtrieben? Es ist Paul zuerst nicht aufgefallen. Die Frau mit der Haarsträhne im Gesicht (und der Schere im Kopf) hat auf die Frage, was sie denn vorhabe mit dem, was sie hier lernen könne, und ob es nicht aussichtslos sei, auf eine Universitätsstelle zu warten, geantwortet: »In anderen Berufen ist es auch schwer.« Woher weiß sie das, warum ist sie so erfahren? (Es klingt, als ob ihr Vater so etwas zu sagen pflegt.) Was hat sie vor?

Paul würde am liebsten seinen Nachbarn ansprechen, aber der blättert in irgendwelchen Konstruktionszeichnungen. Die Stimmung im Flugzeug ist wie bei einem Ausflug, die meisten Passagiere kommen von einer Woche Arbeit nach Hause zurück, freuen sich auf ihr Wochenende, lassen sich gehen. Nur Paul kann nicht loslassen. Vor den Büros im zweiten Stock gibt es Fächer, in die die Dozenten Texte für die Vorbereitung der nächsten Sitzungen legen können (die die Studenten dann kopieren).

Er hat dort eine klare, harte Erzählung von Camus hinterlassen, über eine Vergewaltigung, die am algerischen Strand spielt. Zwei Halbwüchsige in einem Boot retten bei einem Unwetter ein Mädchen, dessen Freundin gerade ertrunken ist, vergewaltigen sie und werfen sie zurück ins Wasser. Darüber müßte man einen Essay schreiben können. Gut, daß er den Band mit Erzählungen dabeihatte. Und den Gedichtband von Anne Larousse. Diese schweren Prosagedichte (die eigentlich gar keine Lyrik sind) werden ihnen viel Diskussionsstoff geben.

2

In Schiphol ist es wärmer als in Leipzig, aber es sieht nach Regen aus, die Luft riecht schlecht, rauchig, schmutzig. Paul geht den weiten Weg zurück zum Parkhaus, bezahlt am Automaten und spürt die ersten Tropfen. Er fühlt sich erschöpft, aber er darf nicht nachlassen, der Verkehr ist dicht, fast wild, er wird geschnitten und rechts überholt, weil er zu langsam fährt (hundert ist hier zu langsam). Er ist unkonzentriert und froh, als er aus dem Auto steigen kann. Um halb acht kommt er zu Hause an, er ist dreizehn Stunden weggewesen, bald wird er in seinem Bett liegen. Bérénice ist noch wach, sie umarmt Paul, die beiden sind guter Stimmung, und Gabriele freut sich (ja sie wundert sich ein bißchen), daß er so viel Gutes erzählt, daß es besser gelaufen ist, als er gedacht hat, daß er fröhlich wirkt.

Paul trinkt eine Flasche Grolsch, dann entspannt er sich. Jetzt sieht er, was passiert ist, sie haben kein Dach mehr, draußen hat er nicht auf den Aufzug und die Gerüste geachtet, über die Dachbalken ist nur eine Plastikfolie gespannt, auf die es in schweren Tropfen regnet. Die Dachdecker werden erst Montag wiederkommen, bis dahin wird die Folie der einzige Schutz bleiben.

Der Vermieter hat sich aufgeregt, daß die Firma an einem Freitag beginnt, ein Haus abzudecken, aber die

Handwerker haben seine Einwände ignoriert. Gabriele hat ein paar belegte Brote vorbereitet (noch mehr Lachs), die ißt Paul zu der zweiten Flasche Bier, während Gabriele Bérénice ins Bett bringt. Zwischendurch sucht er ein paar Bücher heraus, die ihm auf dem Rückflug eingefallen sind, für nächste Woche. Er ist so erschöpft, daß er sich nach dem dritten Bier und Gabrieles Monolog über die Kleider, die sie sich für ihr Vorstellungsgespräch kaufen will, ins Bett legt.

Wieder liegt er allein da, wie gestern abend, hört Gabriele behutsam auf und ab gehen, lesen, leise fernsehen. Natürlich kann er nicht schlafen, aber er hat die Augen geschlossen, und er hört den Tag noch einmal ab, er hört die Stimme einer Studentin, die eine Frage stellt (die er nicht beantwortet hat), er hört seine Schritte auf dem Parkett, und er hört die Schritte derer, die zu spät kommen. Er hört das gemeinsame Lachen, die Schritte auf den Holztreppen, und immer wieder die Studentin, die sagt: »Undankbare Aufgabe«. Er hört die ruhige Stimme des Busfahrers, der sich über Funk nach den Staus erkundigt, und er hört nichts mehr von dem Rückflug, er hat weder Start noch Landung bemerkt, er hatte ja andere Dinge in den Ohren, und dazu hört er wieder die Musik, das Lied, das er morgen heraussuchen will.

Bérénice ruft um Punkt sechs, wie immer, und er ist sofort hellwach. Als erstes muß er an den Fahrer des Flughafenbusses denken (als sei er eine wichtige Figur aus seiner Vergangenheit). Seine weiche, würdevoll gelassene Aussprache, die gütige, väterliche Besorgnis für die

Fahrgäste (als sei er für das Wohlergehen jedes einzelnen verantwortlich). Paul hat den seltsamen Gedanken gehabt, ihn um Tips für seine Seminare zu bitten.

Was ist der Fahrer in der DDR gewesen? Auch Busfahrer? Parteifunktionär? Oder ist er umgeschult worden und gibt sich besonders viel Mühe, weil dies seine letzte Chance ist? Woher nimmt er seine Gelassenheit? Eine derart rührende Hilfsbereitschaft hat Paul noch nie in einer deutschen Stadt erlebt. Gleichzeitig wirkte der Busfahrer wie ein Spießer, nichts an ihm war besonders sympathisch. Ein Mann um die fünfzig, mit weichen Gesichtszügen, einem offenen Polohemd unter der Jacke, einem Bauch, Sandalen mit Socken, wahrscheinlich Phlegmatiker. Dieser Mann steuert eine eigene Welt, er hat den Weg gefunden, diese Welt selbst zu bestimmen, die Reaktionen der anderen vorherzusehen, die Strömungen und Vibrationen.

Dann fällt Paul ein, wie er die Tür des Instituts abgeschlossen hat. Was haben die Studenten von ihm gedacht? Ist er nur einer von den unwichtigen Dozenten, der undankbare Aufgaben erfüllen muß? Wie schnell war dieser Moment vorbei, als er etwas hätte sagen können.

Ist das wieder nur für ein Semester, wie in Amsterdam? Er denkt an die rücksichtslose Art, mit der man ihm wegen Sparmaßnahmen die zugesagte Verlängerung gestrichen hat. Er denkt an Köln, wo sein Vertrag nach fünf Jahren ausgelaufen war und er nichts Neues hatte. Wie klein er sich vor sechs Wochen gefühlt hat, als er alle Kollegen und Bekannten anrufen mußte, mit seiner

Frage nach einer freien Stelle. Die Vertretung in Leipzig war ihre Rettung. Aber wie geht es weiter?

Er steht auf und trägt neue Bücher und Texte zusammen, die schwersten Bücher muß er hier kopieren, alles andere kann er mit nach Leipzig nehmen. Er steckt voller Ideen: was sie alles noch im Seminar besprechen könnten. In der Wohnung ist es kalt, obwohl die Heizung kräftig läuft, die Dachfolie wird vom Wind gebläht. Es regnet noch immer, hoffentlich gibt es kein Leck, und das Wasser tropft auf ihre Bücher!

Während Bérénice ihre Milch trinkt, zieht Gabriele sich an, und Paul sucht nach seiner CD. Es ist die alte Aufnahme mit Jessye Norman, Kurt Masur und dem Gewandhausorchester, die Suzanne ihm vor langer Zeit in Paris geschenkt hat. Das Lied, das er meint, heißt »Zueignung«, und als er es einmal laut spielen läßt, ist es, als habe er sich verraten. Dieselbe Musik, die Gabriele in ihren melancholischen Stimmungen gehört hat, empfindet Paul jetzt als ehrlich, reich, kraftvoll, beinahe optimistisch.

Es ist, als hörte er sich zum ersten Mal mit seiner wirklichen Stimme sprechen. Gabriele kommt herein und sieht ihn genau an, als wisse sie schon alles im voraus. Gabriele versteht ihn, das weiß Paul sofort. Er sieht ihr an, was er empfindet. Später, als er bei Bérénice ist, legt Gabriele eine Jazz-CD ein, die er ihr geschenkt hat, und die Improvisationen kommen ihm ein bißchen unbedeutend vor, lässig, aber auch nachlässig, oberflächlich. (Sie haben doch noch andere Strauss-Aufnahmen.)

Paul bleibt mit Bérénice zu Hause, und Gabriele geht in die Stadt, um sich neue Sachen zu kaufen. Sie sind zufrieden mit dem klopfenden Regen, Bérénice hört auf ihrem Sony-Kassettenrekorder, den sie von Gabrieles Eltern bekommen hat, die »Vogelhochzeit«, und schließlich ist es diese kitschige, süßliche Musik, die sich durchsetzt. Bérénice wird ärgerlich, wenn Paul den Rekorder abstellt oder etwas leiser dreht, sie möchte die ganze Kassette hören. Es gibt Fischstäbchen zum Mittagessen, das ist im Moment Bérénices Lieblingsgericht, und Gabriele wird in der Stadt etwas essen. Sie gehen einmal kurz nach draußen, als es nicht mehr regnet, die Vermieter haben eine Regentonne unter einen abmontierten Dachrinnenablauf gestellt, damit das Wasser nicht in den Hauseingang läuft, und die Tonne muß ständig entleert werden. Paul verspricht, das jedesmal zu tun, wenn er vorbeikommt.

Der Vondelpark sieht traurig aus, voller Pfützen, neblig, überall liegen Blätter, und Bérénice will nicht schlafen, obwohl sie müde sein muß. Sie legen sich zusammen ins Bett, Paul liest ihr vor, aus einem Buch über Schmetterlinge, und endlich schläft sie ein. Er sieht ihr beim Schlafen zu und stellt sich vor, wie sie aussieht, wenn sie eines Tages studiert, bei einem Professor, der sie fasziniert, oder den sie für sich einnehmen will, sie wird mit zwanzig schnell zu beeindrucken sein, leichtgläubig, es gut machen wollen und auf niemanden hören.

Als Gabriele zurückkommt, liegen sie noch immer im Bett, mit offenen Augen, und träumen. Unter der Decke ist es wenigstens warm. Gabriele hat sich eine knappe dunkelblaue Jacke gekauft, die ihre Taille betont, und eine enge schwarze Hose (sie trägt fast nie mehr Röcke oder Kleider, schon gar nicht im Winter), eine Bluse und Stiefeletten. Ihre Bewerbung fällt ihm wieder ein.

Das alles wird sie am Freitag beim Vorstellungsgespräch nicht anziehen (Paul kennt sie schon lange). Aber die Sachen sind schön, und als Gabriele sie vorführt, ist er sicher, daß sie eine Zusage bekommen wird. Sie muß nur wieder so sein wie früher, etwas arrogant, schnodderig, und als wolle sie das gar nicht, was man ihr anbietet, als könne man ihr noch so gut zureden. Sie darf nicht nervös oder furchtsam wirken, als habe sie keine andere Wahl, und sie darf sich nicht anstrengen, die Stelle zu bekommen.

Sie sprechen die Daten durch, die sachlichen Argumente, aber Paul weiß, daß es letzten Endes nicht darauf ankommt, es wird ihre Stimmung sein, ihre Stimme (ganz wie bei ihm), ihr Hereintreten in den Raum, ihre Reaktion darauf, was sie dort sieht. Die Art, wie sie sich setzt, ihre Tasche abstellt, ein Getränk annimmt oder ablehnt, schüchtern oder besserwisserisch, entspannt. Und ob sie als Deutsche überhaupt eine Chance hat. Auf andere wirkt sie zu ehrgeizig, zu beherrscht, kalkulierend, wenn ihre Kiefermuskeln vor Anspannung hervortreten.

In Köln war Gabriele zuerst verzweifelt, dann wütend, dann erstarrt wegen der intriganten Art, mit der man sie nach dem Ende der Mutterschutzfrist um ihre Stelle gebracht hatte, sie hat das allen gesagt und sich mit dem Professor zerstritten, es ist unmöglich, das Thema anzusprechen, ohne daß sie still oder abweisend wird. Als Paul die befristete Stelle in Amsterdam bekam, war sie froh, weggehen zu können. Endlich hat sie eine Einladung zu einem Gespräch bekommen. Diesmal kann Paul nicht in Amsterdam bleiben. Sie wünschen sich ein Zuhause, einen Ort, an dem sie alle leben können. Sie werden bald wieder kein Geld haben.

Es regnet die ganze Woche, aber das beeinflußt Pauls Stimmung nicht, als komme es ab jetzt auf das Wetter nicht mehr an. Die Dachdecker arbeiten langsam und müssen wegen des Regens oft Pausen machen. Sie bringen zuerst eine Isolierung und dann eine neue Folie an, bevor sie mit dem Ziegeleindecken beginnen. Paul und Gabriele hören abwechselnd Richard Strauss und Zoot Sims, so als seien die beiden Gegner in einem Kampf, den sie organisiert haben, um zu sehen, welcher der Stärkere ist, welches Programm das wahrhafte.

Gabriele nimmt sich zusammen, sie ist angespannt, aber entschlossen, sie redet (viel zu früh) von ihrem Einkommen, von einer neuen Wohnung oder einem kleinen Haus. Sie wird erst im letzten Moment unsicher und verlegen sein, beinahe stumm, eingeschüchtert, wenn sie den Raum betreten muß, Paul kennt das von ihrem Rigorosum, bei dem er sie begleitet hat. Eine halbe Stunde vorher hatte sie noch über alles Mögliche geredet, erst als sie vor dem Prüfungszimmer angekommen waren, entstand diese furchtsame Stille, die als feindselige, starre

Überheblichkeit erschien. Für das Gespräch am Freitag und Pauls Seminare ist alles organisiert, er wird wieder mit dem Auto fahren, Gabriele mit dem Zug. Bérénice kann bei dem Kindermädchen der Vermieter bleiben, Gabriele muß spätestens um sieben wieder zu Hause sein.

Paul hat das Gefühl, als müsse ein Rückschlag kommen, ein Gegenwind oder ein Nachlassen. Sein Vertrag ist noch immer nicht eingetroffen. Aber er ist wieder pünktlich (zu früh) am Flughafen, genau wie letzte Woche, sitzt in der Lounge und beobachtet die anderen Maschinen beim Abflug. Diesmal sind etwa zwanzig Passagiere da. Ihm fällt eine Frau auf, die nur mit einer kleinen Handtasche reist, sogar ohne Mantel, und ihren unnatürlich großen Busen unter einem übertrieben engen T-Shirt hochgedrückt hat. Die Frau ist klein und trägt hohe Plateausohlen, aus irgendeinem Grund macht ihn ihr Anblick wütend, und er versucht, sie zu ignorieren, obwohl sie ihn mehrmals ansieht.

Inzwischen ist es Zeit für den Start, aber sie werden nicht aufgerufen. Es ist keine Maschine zu sehen. Die Zeit vergeht, und zwanzig Minuten nach dem Abflugtermin wird durchgegeben, daß sich der Start noch etwas verzögern kann. Paul ruft Frau Pfeifer an, die Sekretärin im Institut, und sagt, daß er voraussichtlich später kommen werde. Sie nimmt alles leicht, was er sagt, so als wären sie Kinder. Die anderen telefonieren mit ihren Handys, Paul ist der einzige, der keins hat und am

Kartentelefon steht. Alle sind ruhig, so als wüßten sie mehr als er, oder als seien sie diese Verspätungen gewohnt.

Nach einer Stunde bekommt er einen Wutanfall, zuerst schimpft er laut vor sich hin, dann beschwert er sich am Schalter, warum machen sie nicht einmal eine Durchsage! Bis zum ersten Seminar schafft er es ohnehin nicht mehr. Angeblich wird irgend etwas an der Maschine repariert, und man darf die Techniker nicht nervös machen, indem man ständig nachfragt. Dann wird Paul stumm. Er sieht auf das leere Rollfeld, betrachtet die kleine Frau (was will sie überhaupt hier?), ruft noch einmal in Leipzig an und sagt die beiden Seminare für heute ab. Er hätte vielleicht die zweite Veranstaltung mit etwas Verspätung noch abhalten können, aber dann hätte er wieder früher aufhören müssen, um die Maschine zu erwischen. Er gibt sein Ticket zurück, zahlt die zwanzig Gulden für das Parkhaus und fährt nach Hause.

Gabriele ist gerade weg. Er schöpft ein paar Eimer aus der Regentonne. Er stellt sich vor, wie die Studenten umsonst gewartet haben, was sie jetzt von ihm denken (wie unzuverlässig er ist), und ob sie sich noch einmal die Mühe machen werden, zu kommen. Am Nachmittag ruft er Ritter an, seinen Kollegen, der den Direktor vertritt. Paul bittet darum, den Grund für sein Fehlen zu erklären und zu sagen, daß er auf jeden Fall am Freitag wieder da sein werde. Er erzählt ihm von seinem Tag, von seiner Wut.

Das kommt davon, wenn man so knapp kalkuliert, sagt Ritter.

Ritter selbst ist nächste Woche überhaupt nicht da, er fährt zu einem Kongreß. Paul ist noch wütender. Er geht einkaufen und streitet mit dem Leiter des Supermarkts, weil die frische Milch in einem Lagerraum herumsteht, zu dem ihm der Zutritt verweigert wird, Paul will aber nicht die alte Milch aus der Kühlung kaufen. Später holt er Bérénice nach oben. Sie spürt, daß er angespannt ist, und sucht Gabriele.

Die Dachdecker hören auf zu hämmern und gehen ins Wochenende, das Dach ist noch nicht einmal zur Hälfte eingedeckt. Die Regenrinnen sind nicht angeschlossen, und sie müssen unten weiter das Wasser aus den Tonnen schöpfen. Bérénice ist eingeschlafen, eigentlich zur falschen Zeit, Paul weiß nicht, ob er sie wecken oder schlafen lassen soll, wahrscheinlich wird sie dann morgen wieder so früh wach. Nach einer Dreiviertelstunde beginnt er, leise ihren Namen zu sagen, ihre Hand zu streicheln, ihr den Schnuller aus dem Mund zu ziehen, und sie schlägt die Augen auf. Sie sucht Gabriele.

Sie essen zusammen ein Käsebrot, und Paul kann nur daran denken, wie peinlich ihm die Absage ist, dabei hat es so gut angefangen. Er darf nicht mehr fliegen. Er liest schon wieder in den Fahrplänen, er wird zwei Nächte im Zug verbringen, aber seine Seminare dürfen kein zweites Mal ausfallen.

Gabriele kommt um acht, als er Bérénice gerade ins Bett gebracht hat. Sie trägt ein neues Kleid in einem kräftigen Blau, mit schmaler Taille und langem Rock, es betont ihren Busen, ihre Hüften und läßt nur ein kleines

Stück Unterschenkel sehen, es ist fast, als ob eine andere Frau nach Hause komme. Nicht die, die er beim Rigorosum, bei der Geburt, beim Umzug gesehen hat. Die, die früher in Köln in sein Seminar gekommen ist, als er sie kennengelernt hat? Ihre Arme wirken schlank und biegsam, die Frisur schnippisch, wie eine Ankündigung. Sie stellt ihre Aktentasche ab (wie früher), zieht die Schuhe aus (ein altes Paar), ihre große Einkaufstüte, sieht nach Bérénice und umarmt Paul. Diesmal hat sie gewonnen.

Es sieht gut aus, sagt sie fröhlich. Es ist sehr gut gelaufen. Ich glaube, das könnte was sein.

Es wird noch ein zweites Gespräch geben, an einem Mittwoch, dann können sie zusammen fahren und Gabriele hinbringen. Alles, was sie erzählt, hört sich nach einem professionellen und erfolgreichen Gespräch an. Nur über das Gehalt haben sie noch nicht gesprochen. Sie soll ihre Vorstellung schriftlich einreichen. Aber sie könnte halbtags arbeiten und brauchte nur ein oder zwei Tage in Den Haag zu sein, den Rest könnte sie zu Hause oder unterwegs erledigen. Sie bekommt ein Handy und ein Notebook, eine Netzkarte erster Klasse, und sie muß oft nach Deutschland reisen. Ihre alten Kontakte könnten jetzt wichtig sein.

Paul kann das fast nicht glauben, nach diesem Tag, das hört sich viel zu gut an. Er spürt schmerzhaft die unbändige Hoffnung. Sie bleiben lange auf, Gabriele ist erleichtert wie schon lange nicht mehr, sie hat sich kurz vor dem Gespräch noch das Kleid gekauft und ihre Sachen in die Einkaufstüte getan. Sie müßte es öfter anziehen.

Am anderen Morgen kopiert Paul neue Texte für die Studenten, schreibt einen Aushang, in dem er den ausgefallenen Tag erklärt, weist ermahnend darauf hin, daß er am Freitag auf jeden Fall wieder da sein wird und den ausgefallenen Termin nachholen will. Er schickt die Unterlagen mit Eilpost nach Leipzig und fühlt sich danach etwas besser. Im Reisebüro kauft er die Fahrkarte für Donnerstag, er wird mit dem Nachtzug ab Köln nach Leipzig fahren und um halb sieben morgens da sein. Das ist nun wirklich nicht »knapp kalkuliert«. Eine deutsche Bahncard hat er sich schon besorgt. Er wird genau zwölf Stunden unterwegs sein. Aber viel besser als die Aussicht, wieder zu spät zu kommen oder alles ausfallen lassen zu müssen. Auf der Rückfahrt kann er sich ja ausruhen, er braucht neun Stunden, um sechs geht der Zug in Leipzig los, und er muß in Köln den letzten Zug nach Amsterdam erwischen. Aber er hat das Büro, er kann sich dort Kaffee kochen, es soll in der Nähe ein Café geben, in dem man etwas essen kann.

Diese ganze Woche ist ihm, als habe sich seine Ahnung erfüllt, daß er Leipzig, sein Seminar, nie mehr sehen werde, auch jetzt könnte es ein Zugunglück geben und die Strecke unpassierbar sein. Am meisten befürchtet er, daß er eine Erkältung, eine Grippe, eine Infektion bekommen könnte und auch noch wegen Krankheit absagen muß. Er darf auf keinen Fall krank werden. In der Apotheke besorgt er sich homöopathische Mittel gegen grippale Infekte, gegen Mandelentzündung und Schnupfen, die kann man auch vorsorglich nehmen. Am meisten hofft er, daß er eine Verlängerung bekommen könnte.

Suzanne ruft aus Berlin an, seine alte Freundin aus Paris, sie will Paul in Leipzig besuchen, aber er weiß nicht, wann er sich mit ihr treffen soll, er hat ja keinen Abend dort, er erzählt ihr von dem einen Tag und von den Terminschwierigkeiten, er hat das Gefühl, daß sie etwas Wichtiges von sich berichten will, aber nicht am Telefon (vielleicht hat sie sich verliebt oder jemanden kennengelernt). Er muß das Treffen auf November verschieben. (Er würde lieber nach Berlin fahren.)

3

Paul wird den Geruch in den deutschen Zugabteilen nie vergessen. Er hat etwas Häusliches, Gemütliches, nach warmer guter Stube Duftendes und ist zugleich pulvrig, technisch, als ob irgend etwas zu heiß geworden sei, als werde man von einer altmodischen Hausfrau mit Speisen und Getränken bewirtet, die man nicht verträgt. In den Großraumwagen gibt es diesen Geruch nicht, er steckt in den Polstern der Abteile, und er ist besonders stark, wenn die Heizung aufgedreht wird. Natürlich erinnern ihn diese Züge an die Bilder und Filme, die er vom Krieg gesehen hat, von den Waggons, die nach Osten fahren, von den Transporten in die Konzentrationslager, von den perfekten Gaskammern, die bestimmt ähnlich solide und langlebig konstruiert waren wie die Eisenbahnwaggons mit ihren robusten, komplizierten Heizungsanlagen. (Er war vor einigen Jahren einmal auf einer Exkursion in Buchenwald.) Überall gibt es große Prüffenster und enorme Hebel und Schalter, um die Heizung zu bedienen und zu kontrollieren, aber er versteht das System bis heute nicht.

Er ist um halb elf auf dem Kölner Hauptbahnhof, um halb sieben ist er von zu Hause losgegangen, und es stehen tatsächlich viele Leute auf dem Bahnsteig und warten auf den Nachtzug nach Dresden. Es sind junge Leute mit Rucksäcken, die aus einem Urlaub zurückkommen, Studenten, Touristen, niemand, der am nächsten Tag arbeiten muß. Es gelingt Paul, am Ende des Zuges ein leeres Abteil zu finden und sich am Fenster auszustrecken. Er zieht die Vorhänge auf beiden Seiten zu, löscht das Licht (eine schwache Beleuchtung bleibt an) und versucht, die Augen zu schließen. Wenn er Glück hat, kann er schlafen.

Der Zug fährt pünktlich ab, aber es kommt noch jemand in sein Abteil, ein massiger und schwerer junger Mann, mit einem großen Instrumentenkoffer (ein Cello?). Er ist Franzose, aber Paul spricht deutsch mit ihm, um nicht in eine Unterhaltung zu geraten, er scheint auch müde zu sein, will schlafen, versucht aber nicht, Paul auf die bessere Position hinzuweisen: Wenn jeder von ihnen eine Reihe für sich nimmt, die Armlehnen hochklappt, kann man sich ausstrecken wie auf einem Sofa oder einem Bett. Das versteht Paul erst später, sie ziehen ihre Schuhe aus und legen sich hin. Der Zug hält ziemlich oft, aber sie behalten ihr Abteil für sich. Paul will wach bleiben, dann merkt er, daß er geschlafen hat, als das Licht angeht und ihre Fahrkarten wegen Personalwechsels schon wieder kontrolliert werden sollen, in Hannover, es muß gegen drei sein.

Können Sie uns nicht in Ruhe lassen, sagt er ärgerlich.

Sie schlafen beide wieder ein, erst in Magdeburg wird Paul endgültig wach. Es ist schon hell, als sie um halb sieben in Leipzig ankommen. Paul war nicht auf der Toilette und beschließt, so schnell wie möglich ins Institut zu gehen. Der Bahnhof ist voller Menschen, die zur Arbeit gehen, die Cafés sind geöffnet, er muß den richtigen Ausgang suchen, den Platz überqueren, dann kommt er in die bekannte Straße, auf den Bürgersteig mit den Platten, und läuft, denn lange kann er es nicht mehr aushalten.

Es ist windig, wenigstens regnet es nicht. Er ist angekommen, er fühlt sich zu Hause, so als ob er die Gebäude, den Weg, die Gesichter schon lange kenne. Vor irgendwelchen Universitätsbüros stehen Studenten Schlange, in manchen Fenstern ist Licht. Das neue Gewandhaus ist ein zu ihm freundlicher Bau, es ist nicht mehr weit, er muß abbiegen, am Rathaus vorbei, eine Kreuzung überqueren, dann ist er endlich am Institut. Er schließt das Tor und die Haustür auf, steigt in den zweiten Stock in sein Büro, wirft seine Reisetasche und seinen Mantel auf den Tisch und geht zur Toilette.

Auf einmal ist er ruhig und friedlich, er weiß, daß der Tag gut werden wird, es ist warm und still in dem Gebäude, er hat noch mindestens fünf Stunden Zeit, sich auszuruhen, vorzubereiten. Er legt die Füße hoch, ißt ein Brötchen und liest den Text, den ein Student ihm ins Fach geworfen hat, er ist sofort neugierig auf die Gedanken und Gefühle, die dort entwickelt werden. Gegen halb neun kommt Frau Pfeifer, jetzt ist er schon wieder in seiner Rolle, sie plaudern, sie gibt Paul die FAZ, und er verschwindet in seinem Büro.

Der Student hat ein langes Gedicht geschrieben, von dem Paul keine einzelne Zeile im Kopf bleibt, der Titel lautet »Keiner weiß den Weg zurück«, es ist ein Gedicht über die Liebe zwischen zwei Männern, das ihn sehr berührt, der Verfasser hat die überraschenden Metaphern sorgfältig durchgearbeitet, er hat ein Bild gefunden, an das Paul denken muß (wie die zwei Männer in einer Umarmung vor einem dunklen Fenster stehen und ein Radiowecker grünes Licht abstrahlt), das Gedicht ist mutig und seltsam, eine Art Geständnis.

Paul geht in seinem Büro auf und ab, er hat noch nie ein so großes Arbeitszimmer gehabt, er beherrscht diesen Raum, er ist seine Welt, er fühlt sich wie jemand, der ein solches Büro verdient hat. Bei der Einrichtung wurde nicht gespart, es gibt solide, geräumige Regale und Aktenschränke, sogar einen Kleiderschrank mit Bügeln und Spiegeln. Alle Möbel sind mit einer Kunststoff-Holznachbildung furniert, nicht zu luxuriös.

Gegen zehn kommt Frau Pfeifer und bringt Pauls Vertrag, der heute mit der Hauspost gekommen ist. Die einzelnen Punkte sind so wie vereinbart, der Vertrag ist auf den 15. Oktober datiert, und Paul wird seine Fahrtkosten, das Trennungsgeld und den Familienzuschlag bekommen, aber keine Übernachtung. Er ruft gleich Gabriele an, um die gute Neuigkeit zu erzählen. Er kann telefonieren so viel er will, es gibt keinen Zähler für seinen Apparat. Er geht zum Kopierer, läßt seine Bürotür angelehnt und setzt sich in den Drehstuhl am Schreibtisch, so daß er auf den Gang sehen kann.

Sein Kollege kommt, ein Mediävist, dessen Seminar um zehn beginnt, und verschwindet in die erste Etage.

Ein paar Mal geht die Glastür zum Treppenhaus auf, die jedesmal langsam, aber mit Wucht von hydraulischen Türschließern zugeworfen wird, ein Knall, bei dem man erschrickt. Paul sieht mehrere Studenten auf dem Gang herumlaufen, am Kopierer stehen, in den Seminarfächern suchen.

Die Frau mit der Haarsträhne kommt, geht ins Sekretariat, nähert sich seiner Tür, bleibt stehen und geht weiter, hält auf dem Gang an, nimmt sich eine der ausliegenden Kopien. Ist sie zufällig hier? Wird sie gleich zu ihm kommen? Am liebsten würde er sie ansprechen, aber er bleibt sitzen.

In einem der Aktenschränke sind die Akten aller Studenten gesammelt, jeder hat ein Paßfoto und einen Lebenslauf abgegeben, dazu eigene Texte, Hausarbeiten, Klausuren, all das liegt unordentlich auf mehrere Stapel verteilt (oder sind diese verschiedenen Stapel eine Ordnung?). Paul zieht sich ein paar Mappen heraus, die Gesichter hat er noch nie gesehen, aber das Blättern in den Mappen ist eine gute Methode, um sich die Namen einzuprägen. Die Frauen heißen Jana (mehrmals), Sheila, Kathleen (vor allem die, die im Osten geboren sind). Es sind jeweils ausführliche Lebensläufe, Lebensgeschichten beigeheftet, aber Paul hat keine Zeit, sie zu lesen. Er blättert so lange in den Mappen, bis er ein paar Gesichter erkannt hat. Er versucht sich auch das Alter der betreffenden Person zu merken. Frau Schilling, die Frau mit dem Blumenstrauß im Seminar, ist tatsächlich am 16. Oktober geboren, vor dreiundzwanzig Jahren.

Kurz vor zwölf wird er nervös, er steigt auf die Holzleiter und versucht, aus dem Dachfenster auf die Straße zu sehen. Nebenan ist das amerikanische Konsulat, das rund um die Uhr bewacht wird. Vor dem Haus stehen amerikanische Autos. Weit unten auf dem Bürgersteig sieht er ein paar Studenten, die vermutlich auf dem Weg zu ihm sind. (Sie können sich nicht vorstellen, daß er hier steht und auf sie wartet.) Er wünscht sich, daß alle wieder da sind.

Um zehn nach zwölf ist er soweit, geht in den ersten Stock und sieht, daß schon einige Studenten im Seminarraum sitzen. Ein paar Seminarteilnehmer stehen auf dem Gang herum. Am Treppengeländer lehnen die Frau mit der Haarsträhne und der widerspenstige Student mit den gelbgefärbten Haaren. Beide rauchen. Paul stellt sich zu ihnen.

Ich bin eigentlich Nichtraucher, sagt er.

Sie dürfen aber trotzdem hier stehenbleiben, sagt der mit den gelben Haaren.

Die Frau sagt nichts, es ist, als hätte Paul sie gestört, bei einem Gedanken, bei einer Pause, bei einer Beobachtung. Sie trägt nur ein T-Shirt, scheint aber nicht zu frieren. Warum hat er das Gefühl, daß er sich gern mit ihr unterhalten würde? Es ist ein Instinkt, eine Gewißheit.

Dann lassen Sie uns reingehen.

Er wartet, bis alle im Raum sind, und tritt als letzter ein.

Er ist überrascht. Es ist noch voller als beim letzten Mal (oder genauso voll?), alle sind wieder da. Es ist laut und unruhig, die Sonne blendet, und er beginnt zu sprechen, dann wird es ruhig. Er hält eine kurze, improvisierte Einleitung zur Geschichte des Essays, bis er merkt, daß eine Sättigung der Zuhörenden eintritt.

Er spricht Frau Schilling an, die heute das Referat halten soll. Sie steht auf, lacht, winkt (wie in einer Fernsehshow), trägt ihren Stuhl über dem Kopf und setzt sich neben ihn an den Tisch. Sie hält ein kluges Referat. Sie hat eine tiefe, ernste, weiche Stimme, und Paul ist beinahe stolz auf sie, er sieht sie von der Seite an und hört ihr konzentriert zu. Sie hat wieder ihre Zöpfe geflochten, trägt einen dunkelblauen weichen Wollpullover, eine enge alte Jeans und Turnschuhe. Paul ist zufrieden, neben ihr zu sitzen, die Aufmerksamkeit zu spüren. Das Referat dauert eine halbe oder eine Dreiviertelstunde, und aus dem Text läßt sich eine Vielfalt von Kategorien für einen Essay entwickeln (und für das Handwerk des Essayisten).

Die Frau mit der Haarsträhne sitzt Paul direkt gegenüber. Sie wirkt beleidigt oder ungehalten (weil sie selbst nicht an der Reihe ist?), und nach dem Referat ist sie es, die am heftigsten und hartnäckigsten widerspricht. Sie heißt Schneider, das weiß er aus den Unterlagen, mit Vornamen Olivia, diesen prätentiösen Namen hat Paul auch noch nie bei einer anderen deutschen Frau gehört (genau wie Jana). Es ist, als ob ihre Eltern sie nach einem Filmstar oder einer Adligen genannt hätten. Wahrscheinlich ist sie die verwöhnte einzige Tochter gutsituierter Eltern, denen niemals etwas ausgefallen genug sein kann.

Paul denkt darüber nach, wie schlampig und armselig sie angezogen ist, unvorteilhaft, so als habe sie es nicht nötig, sich hübsch zu kleiden, oder als wolle sie alle Regeln dafür brechen (und auch alle Blicke abwehren). Sie trägt ein ausgebeultes, weites, gestreiftes T-Shirt, eine abgewetzte, ebenfalls zu große Kordhose, schmutzige graue Schnürstiefel mit Gummisohle und dicke beige Wollsocken. Es ist beinahe mitleiderregend, wie dürftig das aussieht. Keine der anderen Frauen ist so nachlässig. Man nimmt kaum wahr, daß sie eine Frau ist (nimmt sie als Person wahr, nicht als Frau).

Paul hat nicht zugehört und wendet sich wieder seiner Nachbarin zu. Sie sitzt so natürlich neben ihm, als wisse sie, daß sie auf dem richtigen Platz ist, das Richtige sagt, seine Zuneigung gewonnen hat. Paul traut ihr zu, das Referat zu verteidigen, er ist frei, er läßt alles geschehen. Er fragt eine Frau mit blonden Locken, die beim ersten Mal nicht da war, nach ihrem Eindruck, nach ihrem Standpunkt. Sie fängt mit lauter, gepreßter, immer aggressiver werdender Stimme an, zu befehlen, zu schreien. Ihre Wut muß unendlich tief aus den Gedärmen kommen, weil sie gequetscht bleibt und schwer aufsteigen kann. Sie sagt eigentlich nur, daß sie es ablehnt, sich zu dieser Frage zu äußern, es ist eine Störung, Paul merkt, daß mit ihr irgend etwas nicht stimmt, aber er versucht, das, was sie sagen will, ernst zu nehmen, er widerspricht ihr nicht. Das macht sie unsicher, denn sie bricht plötzlich ab und starrt auf ihre Notizblätter, als habe sie das Ende ihres Zwischenrufs verloren.

Paul führt die Diskussion weiter, er ignoriert den Ausbruch. Sie besprechen den Text, bis niemandem mehr etwas Neues dazu einfällt. Paul legt das Thema der nächsten Sitzung fest, ein Essay über die guten Absichten, ein kleiner, untersetzter, fast kahler Mann hat das Thema und ein Buch dazu vorgeschlagen, er will das Referat übernehmen. Paul packt seine Sachen zusammen und geht für die halbe Stunde nach oben, als ob er eine Bühne verlasse, auf der er seinen Auftritt bald fortsetzen muß. Ein Student macht ihn auf ein Café aufmerksam, in das sie in der Pause gehen, und lädt Paul ein, mitzukommen.

Ich muß noch zu Hause anrufen, sagt er.

Paul steht wieder auf seiner Holztreppe, diesmal aber zufrieden. Er schlägt schnell ein paar Gesichter und Namen im Aktenschrank nach. Einen Erdbeerjoghurt hat er noch, den ißt er hastig. Dann ist er um viertel nach zwei wieder unten im Seminarraum. Es sind ein paar Studenten weniger da, die meisten haben ihre Sachen an ihrem Platz liegengelassen. Paul redet über die französische Lyrikszene, er versucht, beim Sprechen etwas Neues zu formulieren, sucht nach Worten und sieht beim Nachdenken und Sprechen aus dem Fenster links von sich, unter die Decke, in den Himmel, so als werde ihm von dort eine Botschaft gesendet. Er liest ein schlechtes Gedicht aus einer Anthologie vor und läßt die Studenten den Verfasser raten. Niemand fällt darauf herein, alle merken sofort, daß das Gedicht kitschig ist, konventionell, nicht aus erster Hand.

Paul wiederholt den Vorschlag, daß alle, die selber etwas schreiben möchten, hier ihre Texte vorstellen können. Er ruft Herrn Weber auf, dessen Gedicht sie besprechen wollen. (Manchmal muß man sich zurücknehmen, etwas zulassen, dann passiert es von selbst.) Alle haben die Kopien aus dem Fach geholt und das Gedicht gelesen, aber Paul bittet Herrn Weber, es vorzulesen. Diese Entscheidung stellt sich sehr schnell als Fehler heraus. Obwohl Herr Weber äußerlich ruhig wirkt, gefaßt, älter als die meisten, lebenserfahren, liest er hastig, verhaspelt sich, gerät ins Stottern, muß jede Silbe zwei- oder dreimal lesen, andere läßt er ganz verschwinden. (Vielleicht hatte er früher Probleme mit dem Stottern.) Er erklärt schließlich selbst, daß er nicht gut lesen kann.

Sie haben aber alle die Schönheit des Gedichts sofort erkannt, es nicht als Offenbarung, Geständnis, Coming-out verstanden. Diese Deutung liegt in der Luft. Paul lenkt energisch von der autobiographischen Interpretation ab und beginnt eine Detailkritik. Jetzt geraten sie in Fahrt. Die anderen fühlen sich zur Verteidigung des Gedichts angespornt. So kommen sie zu einer differenzierten Betrachtung.

Paul fragt, wer die Erzählung von Camus gelesen habe, er möchte, daß jemand den Stoff sozusagen lyrisch bearbeitet. Frau Schneider, jetzt ohne Haarsträhne, bläst die Backen auf wie ein trotziges Kind und verdreht die Augen.

Finden Sie die Geschichte so schlecht? fragt er. (Hat er sogar »beschissen« gesagt?)

Er spürt ihre Hitze, ihr Feuer, wie leicht sie angesprungen ist.

Sie lebt wieder in ihrer empörten Haltung und schüttelt nur den Kopf. Er gibt ihr den Text als Aufgabe. Sie soll etwas über den Autor, über die Entstehungsgeschichte sagen und versuchen, einen lyrischen Stoff darin zu beschreiben. Sie würde gern widersprechen, aber sie traut sich nicht. Irgend jemand kichert.

Wir sind uns dann einig, sagt Paul.

Die Zeit ist um, er erinnert an seine Sprechstunde, bleibt aber sitzen, bis alle den Raum verlassen haben. Wieder ist dieses mulmige Abschieds- oder Trennungsgefühl da, Paul findet es schwer, aufzustehen und zu gehen. Er hat nichts mehr zu essen, und er wird erst um drei zu Hause sein (in elf Stunden). Allmählich merkt er, daß er in der Nacht kaum geschlafen hat. Er bleibt noch in seinem Büro, aber es kommt niemand mehr. Das Gebäude ist leer. Draußen trifft er wieder die Studenten, er packt seine Reisetasche und geht zu Fuß zum Bahnhof.

Zum ersten Mal sieht er etwas von Leipzig, aber er will nicht wissen, an welchen Gebäuden er vorbeikommt, ihm genügt die Atmosphäre dieser Stadt, sie erscheint ihm wie jemand, der eine Krise überstanden hat, eine Verwandlung durchmachen mußte, jetzt aber nicht mehr davon sprechen will, sondern seine neugeschenkte Haut zeigt. Allein dieser Bahnhof!

Paul fühlt sich wie ein Kind, das von seiner Familie getrennt worden ist, wie ein Tier, das seine Herde verloren hat (so stellt er sich das Gefühl vor). Warum geht er hier weg, warum bleibt er nicht einfach ein paar Tage? Es gibt eine Mitwohnzentrale, er könnte ein preiswertes

Zimmer finden, das vorübergehend leersteht. Er läuft über beide Ebenen der Einkaufspassagen im Bahnhof, aber das Gefühl von Heimweh hindert ihn daran, sich über den Tag zu freuen. Die Geschäfte sehen genauso aus wie die Kettenfilialen in jeder anderen Stadt. In einer Trattoria ißt er eine Pizza mit Sardellen, die den größten Hunger stillt, und trinkt ein Bier dazu. In einem Supermarkt kauft er eine Dose Schwarzbier (eine Spezialität aus dem Osten) für unterwegs.

Erst in dem großen, soeben restaurierten Wartesaal (der jetzt DB-Lounge heißt) fühlt er sich besser. Das ist endlich ein angenehmer Ort zum Warten. Das Parkett, die hohen Holzbänke, die Jugendstildecken, und es dürfen nur Leute mit Fahrkarten herein. Die Toilettenfrau (eine ostdeutsche Hausfrau) kontrolliert die Fahrkarten derer, die in die Kabinen wollen, oder kassiert Geld. Es gibt reichlich geschützte Telefonzellen, saubere Toiletten, in einer Kinderspielecke sieht er einem Mädchen zu, das ihn an Bérénice erinnert. Allmählich kann er vor Müdigkeit kaum noch aufstehen.

Um zwanzig vor sechs wartet er auf dem Gleis, er ist ganz nach hinten durchgegangen, um wieder in einen der Abteilwagen zu kommen. Leider ist kein Abteil frei, er setzt sich zu einer jungen Frau mit einer großen Flöte (das einzige Nichtraucherabteil, in dem nur eine Person sitzt, viele Musiker reisen hier).

Sie fragt Paul, ob es ihn störe, wenn sie während der Fahrt spiele, und er seufzt. Das macht sie wütend. Sie packt ihre Flöte ein, ihre Sachen und verschwindet, ihre

Fahrkarte hat sie liegengelassen. Paul steckt sie ein, für den Fall, daß die Frau gleich zurückkommt. Er schaltet das große Licht aus, schließt die Vorhänge, zieht die Schuhe aus, legt die Beine hoch. Wenn es die sechs Stunden bis Köln so bleibt, könnte er schlafen. Die Musikerin kommt nicht zurück, und er gibt die Fahrkarte dem Schaffner, damit sie nicht nachzahlen muß. Zwei alte Männer steigen ein, fahren aber nur bis Magdeburg.

Bis Hannover hat er Glück, sie haben zehn Minuten Aufenthalt, es bleibt ruhig. Zum Schluß hält ein ICE aus Ostberlin am selben Gleis, dessen Fahrgäste hastig und vollständig in ihren Zug umsteigen. Es wird chaotisch laut und voll, jeder Platz im Abteil ist besetzt, jemand hat einen großen Hund mit hereingebracht, es sind junge Leute mit Rucksäcken, die mit dem Guten-Abend-Tikket reisen, einige haben getrunken oder trinken jetzt. Auf seine Bitte, das Licht wieder auszumachen, den Hund festzuhalten, nicht zu rauchen, wird Paul angeschnauzt und sogar bedroht.

Noch ein Wort, dann schmeiße ich dich aus dem Fenster, sagt einer der Typen zu ihm.

Erst in Dortmund steigen alle wieder aus. In Köln hat er nur zehn Minuten, um den Anschlußzug nach Amsterdam zu erreichen. Wenn sie Verspätung haben, bis jetzt sind es vier Minuten, muß er bis fünf Uhr warten oder übernachten. Er steht schon an der Tür, als sie über die Hohenzollernbrücke einfahren, springt als erster hinaus, rennt die Treppen hinunter, »Nicht so schnell«, ruft irgendein Idiot, auf das andere Gleis und schafft es.

Im Zug nach Amsterdam sieht er wieder das Gesicht von Frau Schneider vor sich, die leuchtend (hart leuchtend, wie kaltes Licht) blauen Augen, die wie festgeklebten, fixierten hohen Augenbrauen (die in der Mitte fast zusammenstoßen), die trotzig oder verächtlich oder angewidert hochgezogene, vorgestülpte Oberlippe (die breiter ist als die untere), den leichten Flaum darüber. Ihre Haare sind weder dunkelblond noch hellbraun, dafür müßte es ein anderes Wort geben, sie erinnern am ehesten an ungefärbtes Leder, Sattelleder vielleicht. Als er allein im Seminarraum zurückgeblieben ist, hat sie vom Gang aus »Ciao« gerufen, aber er weiß nicht, wem das gelten sollte. (Ihm?) Er muß sich einmal mit ihr unterhalten. Warum Sex in der Wirklichkeit nicht so schön ist wie in der Literatur? Vermutlich hat sie schlechte Erfahrungen gemacht.

In Amsterdam nimmt er am Bahnhof ein Taxi, er weiß nicht mehr, wie er nach oben kommt, es ist still, er trinkt ein Glas Wein, zieht sich aus, in der Küche liegt eine Absage auf seine Bewerbung in Marburg, er kann froh sein, daß er in Leipzig ist. Er legt sich neben Gabriele ins Bett, sie schläft tief, und Paul weiß nicht, ob er sofort einschläft oder nur die Wirkung des Weins spürt, seine Zähne tun weh, er hat während der Fahrt die Kiefer zusammengepreßt. Wie Gabriele das sonst tut.

Ihm bleiben gerade noch drei Stunden Zeit, zu schlafen. Um sechs stehen Gabriele und Bérénice auf, er liegt im Bett, ist aber innerlich zu beschäftigt, um wieder einschlafen zu können. Als erstes sieht er das ernste Gesicht von Frau Schneider, ihre Augen, die nicht lachen können, die nicht bereit sind, zu sehen, sondern mit Verzerrungen und Schlieren kämpfen, die sie trüben. Es sind Augen, die einen frieren lassen können oder darüber nachdenken, wozu man überhaupt lebt, es sind Blicke, die einem das eigene Leben wertlos erscheinen lassen.

Obwohl Paul zwei Nächte kaum geschlafen hat, ist er voller Energie, erst am späten Nachmittag läßt sie nach. Er spürt nichts davon, daß es dunkel und Herbst ist, daß es Winter wird, ja zum ersten Mal, seit er zurückdenken kann, erlebt er den Beginn des Novembers nicht als Ende (des Jahres), sondern als Ankündigung, und hat das Gefühl, noch lange nicht alles gesehen zu haben, was ihm in diesem Jahr bevorsteht. Was soll er Gabriele sagen?

Am Montag ist er ausgeschlafen, da geht er ins Reisebüro und kauft die neuen Fahrkarten. Diesmal braucht er kaum etwas vorzubereiten, nur den Plan für die nächsten Wochen zu ändern. Es wird neblig und selten hell. Normalerweise ist Paul in dieser Jahreszeit wie ein Fluß, der sein gewohntes Bett verläßt, einen versteckten Seitenarm füllt, den Hauptarm austrocknen läßt. Diesmal bleibt er in ein und derselben Richtung, er füllt und sammelt sich, wird stärker.

Die Dachdecker sind den ganzen Tag da, und an diesem Tag werden sie fertig (nur die Dachrinnen sind immer noch nicht angeschlossen). Es ist sehr kalt geworden, und sie sind froh, daß das neue Dach so gut isoliert, endlich wird es in der Wohnung wieder warm.

In einem Sportgeschäft kauft Paul einen Anorak, der für Bergsteiger gedacht ist, leicht, warm, mit Kapuze, winddicht, mit vielen Taschen und Reißverschlüssen, das wird seine Reisejacke für die Bahnfahrten sein, denn ein Mantel ist dort nur im Weg, ebenso eine Reisetasche. Er kauft einen passenden Rucksack und sieht jetzt aus wie ein deutscher Wanderer (die Sachen kommen aber aus Frankreich).

Er geht zum ersten Mal in Amsterdam in eine Sauna, um in Ruhe nachdenken zu können (mit dem Körper nachzudenken), er hat das Gefühl, daß er sich stärken und abhärten muß für etwas Kommendes. Nach drei Gängen und den kalten Güssen (in den Niederlanden wird dabei laut geschrien vor Entsetzen oder Erleichterung oder Wohlbehagen) hat er im Kopf alles formuliert, was er am Freitag sagen wird.

Bevor er am Donnerstag abend fährt, trinkt er mit Gabriele ein Glas Rotwein, Bérénice ist noch wach und sieht ihnen zu, als begreife sie, was sie da tun: sich verabschieden, etwas gemeinsam haben, nicht mehr sprechen, die Köpfe aneinanderlegen. Als er in Köln ankommt, ist er schon müde, er wartet in dem Reisezentrum, wo auf einem Bildschirm ununterbrochen ein Reklamefilm für das Disneyland läuft. Diesmal hat er einen Platz im Liegewagen, er ist zusammen mit einem großen, schweren Mann im Abteil, der ihm das System erklärt (der Schaffner behält ihre Fahrkarten). Er macht sein Bett in der Koje und legt seine Jacke und seinen Rucksack neben sich, damit ihm nichts gestohlen werden kann. Der andere fährt jede Woche zweimal hin und her.

So, dann wollen wir mal wieder, sagt er, deckt sich zu und schläft gleich ein.

Sie sind die einzigen in dem Abteil, auf der ganzen Fahrt, und die Ruhe des anderen strahlt auf Paul aus. Der Mann ist zu groß und zu breit für eine Koje und muß sich zusammenkrümmen, schließlich schnarcht er. Paul hat das Gefühl, nach Hause zu fahren, die Wärme, der Geruch nach Schlafsaal, die alten Wolldecken, das Rattern und der Schub des Zuges schaffen für ihn eine bekannte Umgebung. Auch das Gefühl, nach Osten zu fahren, immer weiter nach Osten, kommt ihm vertraut vor, dabei ist es neu für ihn. Der Schlafwagenschaffner weckt ihn, er springt auf, zieht seine Jacke an, setzt den Rucksack auf, aber sie sind noch weit vor Leipzig, sie kommen an einer großen Quelle-Niederlassung vorbei, bevor sie sich in einem Bogen der Innenstadt nähern, der Zug wird immer langsamer, und dann stehen sie in dem hellen, sauberen Bahnhof.

Es ist, als käme Paul seit Jahren um halb sieben hier an, mit den anderen früh Berufstätigen zur Arbeit gehen, den Vorplatz überqueren, vor den langsamen gelben Straßenbahnen über die Straße laufen, sich in der Kälte zusammenkrümmen und hastig zum Institut gehen, nach dem Schlüsselbund in der Jackentasche tasten. Er ist jetzt das Wichtigste, ohne ihn müßte er draußen warten.

Als würde er zu Hause ankommen. Paul nimmt die FAZ aus dem Briefkasten mit nach oben (freitags ist die

Bibliothekarin nicht da, die das sonst tut). In seinem Zimmer ist es warm, und er hat Zeit, zu lesen. Von der Kaffeeküche aus sieht er die Handwerker, die gegenüber die Hochschule für Grafik restaurieren, ein großes, langgestrecktes Gebäude, die Fassade wird abgestrahlt, dort soll auch das Café sein, in das Paul bald einmal gehen will. Er kopiert, legt neue Texte aus, plaudert mit Frau Pfeifer (er erzählt von Bérénice und Gabriele, sie erzählt von ihrem Mann, der bei der EU-Kommission arbeitet, eine Zeitlang haben sie in Madrid gelebt). Dann zieht er sich wieder zurück, als müßte er sich sammeln für die Abenteuer, die bald beginnen.

Jetzt geht es erst los, sagt er laut vor sich hin.

4

Er fährt den PC auf seinem Schreibtisch hoch und öffnet ein paar Dateien. In einer hat seine Vorgängerin (eine Privatdozentin aus Frankfurt) Protokolle oder eine Art Tagebuch ihrer Seminare geführt, mit Charakterisierungen der Seminarteilnehmer, Beschreibungen der Konflikte und Diskussionen. Es ist Paul, als hätte er in sein eigenes Tagebuch gesehen und zugleich etwas Verbotenes getan, er schließt die Datei und telefoniert mit der Verwaltung, um die Frage seiner Rentenversicherung zu klären, die immer noch nicht entschieden ist.

Irgend etwas stimmt heute nicht, er hat das Gefühl, als seien widrige Strömungen oder Schwingungen in der Luft, als habe sich der Luftdruck oder eine andere Klimaeigenschaft plötzlich zum Negativen verändert.

Es wird doch nicht gut ausgehen, denkt er, ich muß ja wieder gehen.

Es ist genauso voll wie beim letzten Mal (nur Herr Weber ist nicht da, der so verzweifelt stockend gelesen hat, und dessen Text Paul gründlich kritisiert hat, das fällt ihm sofort auf). Die Konzentration hat nachgelassen. Er vermeidet es instinktiv, Frau Schneider anzusehen, es genügt ihm zu wissen, daß sie da ist. (Sie schraubt an ihrem Füller herum, aus dem Tinte läuft.) Warum sollte er sie ansehen?

Herr Götz, der heute sein Referat halten soll, hat mindestens zehn Seiten sauber ausgedruckt, das müßte für die ganze Sitzung reichen. Trotzdem ist er nervös, ängstlich, hat rote Flecken am Hals und will vor lauter Lampenfieber gleich anfangen, bevor Paul etwas sagen kann. Es liegt nicht an seinem Referat, aber das Buch, das er sich ausgesucht hat, ist grundlos polemisch, dann wieder kitschig und harmoniesüchtig, es wäre für jeden schwer, darüber zu sprechen (eigentlich besteht das Buch aus Vorlesungen über den Essay).

Als Herr Götz etwa zehn Minuten redet, geht die Tür auf, und zwei große, langhaarige Hunde kommen herein, gefolgt von einer kleinen Frau mit blonden Rasta-Zöpfen, die ihren Auftritt hat und ganz nach hinten durchgeht. Sie müssen für einen Moment unterbrechen. Die Hunde sind friedlich, sie legen sich unter einen Tisch, es ist nur ein leichter Geruch nach nassem Fell von ihnen zu spüren. (Zuerst hat Paul überlegt, sie hinauszuwerfen, ist dann aber zu gutmütig.) Das Referat schleppt sich dahin, es gibt keinen Anhaltspunkt für eine Diskussion, Herr Götz ist enttäuscht und sieht Paul hilfesuchend an, ihm bleibt nichts anderes übrig, als ab und zu etwas Erläuterndes zu sagen.

Das ist ja gar kein Essay, sagt die Frau mit den Hunden. Ich dachte, hier geht es um Essays! Das hat ja gar nichts damit zu tun!

Paul reagiert defensiv, er verteidigt das Buch (anstatt auf die Frage einzugehen). Er wiederholt ziemlich unfreundlich, was er in den ersten beiden Sitzungen angekündigt hat (»für die, die heute zum ersten Mal da sind«). Frau Schneider sagt etwas, sie sieht Paul erstaunt an und versucht eine Vermittlung. Aber es entsteht keine Diskussion. Die Zeit ist um. Herr Götz fragt ihn, wie er das Referat gefunden hat, er habe selbst gemerkt, daß das Buch nicht viel hergebe. Paul beruhigt ihn. Die Frau mit den Hunden fragt, wann sie in seine Sprechstunde kommen kann. Um vier könne sie nicht, ob es nicht jetzt gehe. Paul weist darauf hin, daß er nur eine kurze Pause hat, etwas essen und dann weitermachen muß. Sie will trotzdem kommen, sie kann auch nächste Woche nicht um vier. Er nimmt seine Sachen, geht nach oben, da klopft sie auch schon.

Sie kommt herein, fragt, ob die beiden Hunde mit hereindürfen, und Paul nickt, während er seinen Joghurt löffelt. Er zeigt auf einen Stuhl und schaut sie näher an. Sie hat ein hübsches, rundes Gesicht mit einer spitzen Nase und sieht energisch aus, fordernd, so als brauche sie viel Platz. Sie hat kräftige Hände und Brüste und trägt die Plateausohlen, den Nasenschmuck, die gefärbten Zöpfe nicht, als habe sie es nötig, um zu irgendeinem Stamm dazuzugehören, sondern als sei sie die Anführerin. Sie streckt sich auf dem Stuhl aus, spreizt die Beine leicht und lächelt breit, als müsse sie jetzt eine Moderation für den Kinderkanal machen.

Das ist ein großes Glück für uns, daß Sie hergekommen sind, sagt sie. Das wäre sonst nur langweilig geworden, dieses Semester.

Paul reagiert nicht, er fragt sich, was sie will, sie setzt diese weiblichen Mittel so heftig ein, daß er nicht weiß, ob sie übertreibt, um ganz sicherzugehen, oder ob sie etwas anderes versucht. Er empfindet das Verführerische in ihrem Benehmen (aber gleichzeitig fühlt er sich wie von einem schelmischen, spöttischen Gott, einem Pan, einem Puck, einem Kobold, verführt). Sie will ein Thema für ein Referat, sie will einen Schein machen (das kann jeder, dafür muß sie nicht so dick auftragen). Er verspricht, daß er bis zum nächsten Mal ein Thema aussuchen wird und sie auf jeden Fall noch eine Sitzung bekommt. Er ist nicht entspannt dabei, es ist, als ob sein Körper fürchte, angegriffen oder verletzt zu werden. Er spürt nur seine weiche Seite.

Sie sind ein empfindsamer Mann, sagt sie, als habe sie seine Gedanken erraten.

Er bleibt mit verschränkten Armen sitzen, bis sie wieder draußen ist (sie kommt nur in das erste Seminar, jetzt hat sie keine Zeit).

Herr Weber ist immer noch nicht wieder da. (Hat Paul ihn gekränkt?) Frau Richard, die gefragt hat, warum er so desillusioniert wirke, legt ein Gedicht aus und will es vorlesen, obwohl das nicht geplant ist. Paul gibt ihr die erste Hälfte der Sitzung. Pauls Konzept ist jetzt, daß er alles laufen läßt. Das Gedicht ist schwach, handelt von einer Vergewaltigung, ist voller Klischees und erschreckend flach in seinen Aussagen, moralisch und durchschnittlich. Paul stellt provozierende Fragen, Frau Richard läßt sich nicht aus der Ruhe bringen, sie bestreitet, daß von einer Moral die Rede ist (nach der alle Männer potentiell gewalttätig sind). Frau

Schneider widerspricht Paul. Sie versucht, das Gedicht zu retten. (So mutig, für eine aussichtslose Sache zu kämpfen.)

Paul bricht nach dreißig Minuten die Diskussion ab und fordert Frau Schneider auf, nach vorn zu kommen. Sie ist ähnlich gekleidet wie beim letzten Mal, sie sitzt rechts neben ihm, mit einem roten Pappordner, auf den sie seinen Namen geschrieben hat. Ihre Vorstellung von Camus ist naiv. Sie zitiert aus Literaturgeschichten und Nachschlagewerken, ohne eigene Gedanken hinzuzufügen. Erst als sie ihre Lektüre der Erzählung beschreibt, verändert sich ihre Miene, ihre Stimme, sie wird weicher, nachdenklicher, sie ist berührt von der Geschichte, sie hat darin eine innere Struktur erkannt, und es gelingt ihr, sie für das Seminar sichtbar zu machen. Eigentlich ist sie ein sanfter, verletzter Mensch, es gelingt ihr nicht, das zu verbergen.

Dann beginnt ihr Spiel. Sie trägt ihre lyrische Paraphrase vor, sie hat etwas Ideologisches gemacht, ihr Gedicht heißt »Das zarte Mädchen«, und damit hat sie sich verirrt. Einen Moment denkt Paul darüber nach, daß sie selbst dieses Mädchen ist, daß sie sich für die Rolle des Opfers interessiert, daß sie sich für ein Opfer hält, der Männer, der Gewalt, der Sexualität. Alle sind getroffen von der Schwere, dem Ernst des Gedichts. Frau Schneider hat aus dem nicht wertenden, beschreibenden Text eine Anklageschrift gemacht. Sie behauptet, man dürfe nicht wertfrei schreiben. Jetzt ist sie in eine Falle gelaufen.

Das ist zu moralisch, sagt Paul. Literatur hat mit Moral nichts zu tun.

Wieder bläst sie die Backen auf zum Protest, läßt schubweise Luft durch die Nase entweichen und widerspricht so bestimmt, als ginge es um ihr Leben. Sie spricht von Gewalt und Elend, Schmerz und Aggression, und daß man genau das bekämpfen müsse, engagiert, literarisch.

Paul kann sich nicht mehr beherrschen.

Es ist doch großartig, wie kalt und unberührt die Geschichte erzählt wird, sagt er. Die Erzählung hat mit Moral überhaupt nichts zu tun. Es geht darum, zu beschreiben, nicht zu bewerten.

Aber man kann das doch nicht immer weiter toppen, sagt Frau Schneider.

Paul muß zuerst überlegen, was dieser Ausdruck bedeuten soll, wahrscheinlich meint sie steigern.

Jemand meldet sich und sagt, daß die Geschichte sehr wohl moralische Appelle enthalte und sie auf den Leser verlagere, aber sie gehen darauf nicht ein, diese Bemerkung stört nur, sie wollen sich jetzt streiten, so daß alle zusehen und zuhören können, es ist ihre Form einer Kontaktaufnahme, sie sitzen nebeneinander, reden aber laut zu einem Publikum, als spielten sie nur auswendiggelernte Rollen (angeborene Rollen).

Frau Schneider spricht davon, daß Literatur moralisch sein muß, daß es darauf ankomme, nicht nur zuzusehen, sondern etwas zu tun, gegen das Schlechte, den Faschismus, die Gewalt.

Ist sie wirklich so naiv? denkt Paul die ganze Zeit.

Das kann doch nicht Ihr Ernst sein, sagt er. Das glaube ich nicht, daß Sie das wirklich meinen. Ich bin überrascht, daß jemand in Ihrem Alter so etwas sagt.

Dabei weiß er nicht, wie alt sie ist.

Sie zögert, aber sie spricht weiter, für das Gute, für die Moral, für moralische Literatur.

Aber haben Sie jemals etwas von Nietzsche gehört, dann wissen Sie doch, daß sich nicht so leicht sagen läßt, was gut und was schlecht ist, wie wollen Sie das begründen? Ist das nicht Ihre persönliche Bewertung?

Paul spürt einen Schatten von Unsicherheit, Ignoranz, Blindheit oder Verweigerung. Er schließt die Augen, und es kommt ihm vor, als sei die Person, die neben ihm sitzt, gar nicht menschlich, sie riecht nach nichts, weder nach Parfum noch nach Körper, nach Schweiß oder Essen, nicht nach Shampoo, nicht nach Waschmittel. Er muß sie überzeugen, daß sie ihre Position nicht aufrechterhalten kann, er muß das vor dem Seminar tun (er muß sich Respekt verschaffen). Bisher ist alles nur Spiel, was er erzählt hat, hingestreut, wieder aufgefangen. Er denkt schon nicht mehr als Dozent, er will diese Frage klären, etwas anderes interessiert ihn nicht.

Frau Schneider beginnt wieder.

Es gibt soviel Elend in der Welt, wir können doch nicht so tun, als ginge uns das nichts an!

Wollen Sie dagegen solche Gedichte schreiben? Das ist ja Stalinismus! Nur das Gute darstellen, eine schöne neue Welt aufbauen, in der alle gesund und glücklich sind? (Er hat eine logische Verknüpfung vergessen.)

Jemand lacht. (Wahrscheinlich der, den sie nicht haben zu Wort kommen lassen.)

Er hat Frau Schneider zum Schweigen gebracht, aber nicht überzeugt. Die Zeit ist um, er sieht, daß er sie verletzt hat, aber es gibt keine Möglichkeit, dies wieder zurückzunehmen. Die anderen stehen auf.

In der nächsten Woche komme ich nicht mehr, sagt ein Mann, von dem Paul den Eindruck hatte, daß er ihm in Gedanken zustimme.

Warum nicht? fragt Paul. Was ist denn los? Weil Freitag der dreizehnte ist?

Er lacht, aber er spürt irgendeine Ablehnung, eine Mißbilligung. Er wendet sich Frau Schneider zu, die immer noch neben ihm sitzt.

Das Referat war sehr gut, sagt er leise.

Sie lächelt, als müsse sie weinen.

Er spürt jetzt, wie laut er geworden ist. Das Lob ändert nichts mehr daran, daß er sie getroffen hat.

Wieder kommt niemand in die Sprechstunde. Paul fällt ins Leere, wenn er aus dem Reden, dem Denken, dem Beobachten, dem Reagieren herauskommt. Als müsse er noch ein paar Stunden so weitermachen. Er hält es in dem leeren Zimmer, in dem leeren Gebäude nicht aus, er kann sich dagegen nicht mehr behaupten. Er packt seine Sachen und läuft weg.

Diesmal sitzt er im Speisewagen, aber es gibt »aus technischen Gründen« keine warmen Gerichte, die Karten, die noch ausliegen, werden eingesammelt. Er ißt ausgetrocknetes Brot mit eiskaltem Käse, trinkt ein Bier, dann ist erst eine halbe Stunde vorbei. Er findet ein freies Abteil.

Jetzt beginnt er mit Frau Schneider zu sprechen (er sieht ihr ins Gesicht). Er erklärt ihr, was er wirklich sagen wollte, empfiehlt ihr Bücher, erkundigt sich nach ihren Vorlieben, ihren Erfahrungen, die sie zu dieser Einstellung gebracht haben. Er hat in ihrer Akte gelesen, daß sie ein paar Jahre freie Journalistin bei der Leipziger Volkszeitung war. Vielleicht hat sie da viel mehr gesehen (Abstoßendes, Gewalt, Rechtsradikale) als Paul, der theoretisch redet. Er erklärt ihr seine Vorstellung von Literatur, die erhellt, erleuchtet, aber eben nicht erklärt, vorschreibt, sondern den Leser selber suchen läßt. Bis Hannover hat er sie überzeugt, dann muß er aufhören, weil das Abteil sich füllt, diesmal mit erträglichen Leuten. Er muß in diese Frau hineinsehen, er muß wissen, was in ihr vorgeht, er muß ihren Dialog weiter entfalten, er muß lernen, mit ihr zu sprechen, sie lesen lernen.

5

Er sitzt auf dem Bett und redet unaufhörlich weiter, aber diesmal ist es Gabriele, die zuhört. Er erzählt, was in den Seminaren passiert ist, beschreibt die Studenten, den Raum, sein Büro, redet über Frau Schneider wie über eine sich erwartungswidrig verhaltende, von ihm zu erziehende Schülerin. Es ist Samstag morgen, wieder war er um drei zurück, ist nicht ausgeschlafen, hat Kopfschmerzen, ist aber voller Euphorie.

Du bist so anders, sagt Gabriele.

Er setzt seine Erzählung fort wie einen Bericht von Abenteuern, die sich auf jeder neuen Reise ereignen. (Aber er merkt, daß Gabriele ihn getroffen hat.) Ja, er ist anders, voller Begeisterung, voller Unruhe, voller Pläne, voller Sehnsucht. Er weiß, daß es dafür einen bestimmten Grund gibt, den er aber nicht nennen will (nicht erkennen kann). Etwas wie ein Leuchten, ein heller Klang, es ist nicht so, daß er etwas Bestimmtes begehrt – andere Frauen sind viel begehrenswerter. Aber trotzdem war sie sein erster Gedanke, als er wach wurde, die Zuversicht, die Hoffnung.

Immer, wenn Gabriele ihn jetzt anspricht, fühlt er sich gestört. Er spürt, daß sie kämpfen will, etwas zu retten versucht, ihn retten will.

Er arbeitet an Autorenporträts für ein Lexikon, die er abgeben muß, es fällt ihm leicht, sich morgens um sechs hinzusetzen und eine Seite zu schreiben. In der Sauna überlegt er, wen er jetzt am liebsten bei sich hätte, und die Antwort fällt ihm leicht. Er fühlt sich, als würde er hier seinen alten Körper zurücklassen und mit einem neuen, stärkeren, jungen herauskommen.

Er hat die Idee, am Freitag einzelne Studenten, mit denen er reden möchte, in die Sprechstunde zu bitten. Er muß sich eine Liste mit den Namen und Adressen geben lassen oder sich selbst zusammenstellen, das hätte er eigentlich gleich zu Anfang tun sollen. Die drei Themen für die beiden Sitzungen stehen schon fest, er kann sich genau vorstellen, wie sie ablaufen werden, er ist ganz sicher.

Am Mittwoch hat Gabriele ihr zweites Gespräch in Den Haag, sie fahren alle zusammen mit dem Auto, es ist sehr kalt, ein paar Grad unter Null, Bérénice schläft in ihrem Kindersitz, und Gabriele sieht sich immer wieder um. Sie trägt eine helle, weite Hose, Stiefeletten mit hohen Absätzen, eine Kostümjacke (die sie bei ihrer Hochzeit getragen hat). Paul läßt sie erst gar nicht nervös werden, er gibt immer wieder kurze Parolen aus, um sie in dieser guten Stimmung zu halten wie ein Trainer. Das Büro ist in einem Vorort zwischen Reihenhäusern, und sie parken einige Straßen entfernt, damit sie nicht beobachtet werden können. Gabriele ist zu früh, zehn Minuten, sie wartet wahrscheinlich im Vorzimmer und trinkt Kaffee.

Jetzt spürt Paul seine Aufregung. Wenn es bei Gabriele nicht klappt, haben sie ab April nichts mehr. Sie müssen entweder zu ihren Eltern nach Hannover ziehen oder zu seinen in das alte Hotel, das sie in Südfrankreich haben, wenn es bis dahin noch nicht verkauft ist. Dort werden sie nie wieder wegkommen.

Es ist im Auto so kalt, daß Paul den Motor laufen lassen muß. Wenn ein Passant kommt, ein Anwohner, fährt er ein Stück die Straße auf und ab, Bérénice soll sich nicht erkälten. Er steigt ein paar Mal aus, friert aber so schnell, daß er sofort wieder den Motor anläßt. Gabriele bleibt sehr lange, nach anderthalb Stunden, als sie es nicht mehr aushalten, nimmt er Bérénice und klingelt. Eine ältere, hausfraulich wirkende Sekretärin führt sie in eine Art Wartezimmer. Paul hört schon von hier aus Gabrieles Stimme, die immer wieder auffährt, etwas zu erzählen scheint (gar nicht angespannt), lacht (vom Thema abschweift?).

Dann kommt sie mit dem Chef der Agentur heraus, er ist ein kleiner, schlau, aber auch gaunerhaft aussehender Mann mit vorstehenden Zähnen. Paul begrüßt ihn, der andere fragt ihn nach Leipzig, und er sagt Gabriele zu, daß sie nächste Woche ihren Vertrag bekommen werde. Sie verabschieden sich. Es ist alles sehr gut gelaufen, die Bedingungen stimmen, Gabriele kann im Januar oder Februar anfangen, sie wird reisen müssen, kann dafür aber auch zu Hause arbeiten, vielleicht können sie sich ja doch eine größere Wohnung suchen. Er ist schon wieder halb in Leipzig, er nimmt die Zusage als gutes Zeichen, daß er so weitermachen kann (bis Februar, dann wird alles vorbei sein).

Sie bringen Bérénice ins Bett, die ihre Aufregung spürt und immer wieder etwas anderes verlangt. Sie trinken einen Pomerol, den Pauls Vater ihnen einmal geschenkt hat, und er ist nach einem Glas beinahe betrunken. Morgen muß er schon wieder losfahren. Gabriele legt die Füße hoch, sie fällt aus der Anspannung in eine tiefe Müdigkeit, sie nickt ein, und fast trägt Paul sie ins Bett, erst jetzt freut er sich richtig. Aber er spürt, daß sie schon alles weiß.

Im Osten ist es noch kälter. Schon im Kölner Hauptbahnhof hält er es auf dem Bahnsteig nicht aus, er geht zurück ins Reisezentrum, zum Disneyland. Er weiß nicht, wie man die Heizung und Lüftung in den Abteilen einstellen soll, zuerst ist es zu kalt, dann wird die Luft schlecht und trocken, alle fünf Plätze werden nach und nach belegt, von zwei älteren Männern, von zwei Mädchen mit Rucksäcken, einer übermüdeten Frau. Nachts weckt sie die Schaffnerin, die laut leere Flaschen in Kästen einsortiert, Paul steht halb im Schlaf auf dem Gang und protestiert. Es soll fünfzehn Grad minus werden, man spürt die Kälte draußen und die Geborgenheit im Abteil, ohne zu frieren.

Erst als Paul aussteigt und aus dem Bahnhof kommt, greift der Frost an wie ein Schmerz. Es ist jetzt auch dunkel. Sein Anorak ist warm, aber er hat das Gefühl, daß seine Sohlen am Pflaster, an den Platten anfrieren, sobald er nicht läuft. Am schlimmsten ist es an der windigen Ecke am Gewandhaus, der Schock ist noch heftiger, als wenn er aus der Sauna in das kalte Tauchbecken steigt. Im Institut hat sich nichts verändert, es ist warm, ruhig, trocken, der Flügel steht immer noch in dem Saal im Erdgeschoß, die Toiletten sind sauber, und er hat es geschafft. (Wie oft kommt er eigentlich noch her?) Ein Student hat ein Gedicht über eine Vergewaltigung (schon wieder) in Pauls Fach geworfen. Aber zuerst geht er zum Aktenschrank und nimmt sich Frau Schneiders Unterlagen.

Auf dem Foto erkennt er sie kaum. Die Frisur, die sie jetzt trägt (ein einfacher Bop), steht ihr besser. Er sieht am unteren Rand des Bildes zwei dünne, schwarze Träger, von einem Hemd, es ist wohl Sommer, aber sie guckt böse und arrogant in die Kamera, mit aufgeworfener Oberlippe. Was ist mit ihr los? In ihrem Lebenslauf findet er keinen Anhaltspunkt. Sie hat eine Reportage geschrieben über eine Frau, die am Ende ist. (Ihr Französisch ist ausgezeichnet.) Deren jüngere Schwester hat sich umgebracht, ihr Freund ist tödlich verunglückt, sie selbst ist abends überfallen und vergewaltigt worden – das Lieblingsthema der Studenten. Der Text ist so direkt, daß Paul ihn zuerst beinahe für authentisch hält. Aber es ist eine Rolle, die die Verfasserin sich gesucht hat, die sie spielt, eine Biographie, die sie sich ausgedacht, zurechtgelegt, aufgebaut hat, um ihre Empfindungen auszudrücken. Außerdem schreibt sie Aphorismen über die Einsamkeit, ein paar sind recht gut. Hat sie Freundinnen? Warum kann sie nicht lachen? Was hat sie erlebt?

Diese Akte und diese Fragen machen Paul traurig. Er schließt alles weg.

Frau Pfeifer kommt und singt, lacht, er bittet sie, seine beiden Porträts nach München zu faxen, damit sie heute ankommen. Er beginnt, auf dem Gang zu pfeifen, während er kopiert, den Restaurateuren gegenüber zusieht, er pfeift Richard Strauss.

Weiß sie es schon? Sieht sie ihn überhaupt? Ja, sie soll ihn erstmal sehen. Er ist ja nur eine Rolle, ein Dozent, der kurzfristig eingesprungen ist (was seinen Ruf nicht verbessert). Sie ist 1974 geboren, Paul ist neun Jahre älter. Sie kommt aus Frankfurt an der Oder, ist dort zur Schule gegangen, hat dort studiert, es scheint nichts Außergewöhnliches passiert zu sein.

Auf dem Gang trifft Paul Frau Wiese, die hübsche, füllige Sächsin, sie kommt aus einem kleinen Ort in der Nähe und fährt jeden Tag mit dem Zug. Er bittet sie in sein Zimmer, sie hat sich eines der schwersten Referatthemen ausgesucht. Über dieses Buch eines bekannten Kritikers soll sie in drei Wochen sprechen. Vertraut ist sie mit dem Buch und dem Thema noch nicht. Sie lächelt die ganze Zeit verlegen oder friedlich, wird leicht rot, und sie erinnert ihn an jemanden (an eine Romanfigur?). Er bietet ihr an, ihn zu fragen, wenn sie nicht weiterkommt, und vor dem Referat noch einmal zu einer Vorbesprechung zu kommen. Es gibt einen Blick, als glaube sie ihm nicht, als habe sie eine andere Frage.

Auf dem Gang steht Herr Weber. Paul bittet ihn gleich danach herein, so lernt er allmählich die Studenten besser kennen. Sie sprechen über die Reaktionen auf Webers Gedicht. Er fand die Diskussion fair, er ist nicht gekränkt. Er will auch einen Essay, eine Hausarbeit schreiben. Sein Berliner Tonfall ist lockerer als das häusliche Sächsisch von Frau Wiese. Als nächster kommt Herr Lüchow, der nur mit Paul plaudern will. (Trinkt er? Nimmt er Drogen?) Er wirkt ein wenig verwildert, aber so als lebe er auf einer besseren Seite der Welt, er grinst die ganze Zeit und versucht, Paul Ratschläge zu geben. Er ist in Leipzig geboren, und sein Vater war Parteifunktionär. Mittlerweile hat sich die Familie aufgelöst.

Etwas, das zwischen ihnen unvorstellbar ist: ein Flirt, denkt Paul, so als müsse Frau Schneider jetzt als nächste hereinkommen. Aber sie ist nicht da. Statt dessen kommt Frau Richard (als hätten alle zusammen beschlossen, seine Sprechstundenzeit vorzuverlegen). Sie sieht Paul an, als wolle sie mit ihm kämpfen, dann lächelt sie.

Ihre Kritik hat mir sehr geholfen, sagt sie. Sie müssen immer so ehrlich sein.

Dann sehe ich mir den Text noch mal an, wenn Sie ihn umgearbeitet haben, sagt Paul.

Ich würde auch gern ein Referat machen.

Das Thema gebe ich Ihnen nächste Woche.

Frau Richard kommt aus München, hat zuerst Theaterwissenschaft studiert und auch schon selber Regie geführt, das weiß er aus den Unterlagen. Der Tag hat gut angefangen, Paul ist in Fahrt (und er denkt nicht an das Ende).

Ein junger Student, Herr Berg, hält das Referat über den Essay von Ritter, der Vortrag ist intelligent, ein bißchen kritisch, nicht zu prinzipiell, es läuft gut, wieder sind alle da, die Konzentration ist groß, nur eine fehlt: Frau Schneider. (Paul hat sie gekränkt, sie wird nicht mehr kommen.) Und der Student, der angekündigt hat, nicht mehr erscheinen zu wollen. (Heute ist ja Freitag, der dreizehnte.)

Während der ersten zehn Minuten des Referats ist Paul unaufmerksam, er horcht gegen seinen Willen auf Schritte vor der Tür, ein paar Mal hört er Poltern im Treppenhaus, das wieder aufhört. Dann, als er etwas erläutern muß, hat er nicht aufgepaßt, und Frau Schneider kommt herein, atemlos, hübsch (war sie das vorher nicht?), und sieht sich suchend nach einem Platz um. Neben Paul ist einer frei (so wie letzte Woche).

Er merkt, daß sie zögert und weist sie mit dem Zeigefinger auf den Platz hin, weist sie ein, die Geste ist wie ein Befehl (es macht ihm Spaß, sie still zu dirigieren), und er spürt, wie widerstrebend sie der angegebenen Richtung folgt. Er hört nicht mehr zu, er sieht nur noch sie. Sie ist anders gekleidet als bisher, sie trägt eine schwarze Hose (von H&M, vermutet Paul), aus einem Synthetikgewebe, mit niedrigem Bund und leicht ausgestellten Beinen. Dazu schwarze Stiefeletten mit leichten Absätzen (keine Wollsocken mehr) und ein schwarzes T-Shirt. Außerdem trägt sie Schmuck, Ohrringe, eine dünne Kette, Armreifen, mit denen sie unter den zu langen Ärmeln klimpert. (Das alles hat sie wegen mir verändert, fährt es Paul durch den Kopf, sie hat sich verändert.)

Ihre Nase ist rot, die Nasenlöcher sind entzündet, sie scheint erkältet, ist ganz still, schraubt an ihrem Füller herum und macht sich Notizen (die er nicht lesen kann). Er spürt, daß sie nebeneinandersitzen, in einer Art Einklang, daß eine Verbindung besteht, eine Gemeinsamkeit, er muß nur herausfinden, wo sie liegt. Er spürt die Wärme ihres Körpers.

Die Diskussion läuft von allein, er wirft ab und zu eine provozierende Bemerkung ein, er will Olivia (so nennt er sie jetzt schon) etwas sagen, zeigen, wie geistreich er ein Seminar leitet, überraschende Fragen stellt und immer bei der Sache bleibt.

Das ist mir wieder zu moralisch, sagt Paul.

Sie äußert sich bis zum Schluß des Seminars nicht. Er wartet, ob sie aufsteht oder ihn anspricht, das hält er nicht mehr aus.

Kommen Sie doch bitte einmal kurz in meine Sprechstunde, sagt er.

Sie sieht ihn enttäuscht, erschreckt an (es ist genau dazwischen) und steht auf.

Um vier geht es nicht, ich muß weg, ich bin erkältet. Könnte ich jetzt gleich kommen?

Sie hat Münzen in der Hand und gibt sie jemand anderem, für gestern abend, irgendeine Zeche ist zu zahlen, die ein anderer geprellt hat.

Liv, kommst du nicht mit ins Café, fragt jemand (ein

Mann), als Paul ihr schon die Tür zum Treppenhaus aufhält und nach oben gehen will.

Diese Abkürzung ihres Namens, das klingt nach einem Kind, einem jungen Tier.

Muß in die Sprechstunde, sagt sie.

Warum?

Sie bläst die Backen auf, so groß wie Paul es noch nie gesehen hat, macht Gesten des Unwissens, folgt ihm aber nach oben. Er läßt sie vorgehen.

Was haben Sie? fragt er.

Dicke Mandeln, sagt sie wegwerfend, als wolle sie nicht davon sprechen.

Oder haben Sie zu lange gezecht? fragt er weiter, sie bejaht auf eine unklare Weise, sagt aber nichts mehr.

Pauls linke Hand wirkt fahrig, als er die drei Schlüssel ausprobiert (er weiß noch immer nicht, welcher der für sein Büro ist). Erst als sie beide im Zimmer sind und er die Tür geschlossen hat, sagt er etwas, das er sich überlegt hat.

Ich habe mir schon Sorgen gemacht, wegen letzter Woche.

Ach, sagt sie, als sei sie erleichtert (habe etwas viel Schlimmeres befürchtet), und läßt Luft durch den Mund entweichen.

(Dieses Ausatmen tut Paul gut.)

Er bittet sie, sich zu setzen, nimmt den Stuhl ihr gegenüber, neben dem Tisch, und wartet einen Moment.

Sie sehen sich an, keiner von beiden ist ängstlich oder gibt leicht auf, und Paul wünscht sich (schon), daß sie für immer oder für eine sehr lange Zeit hier sitzen bleiben, daß er ihre Stimme hören kann (aus ihrer Stimme etwas heraushören kann), daß sie ihm zuhört.

Es tut mir leid, daß ich so heftig reagiert habe, ich war schockiert, und ich kann kaum glauben, daß Sie das ernst meinen, was Sie sagen. Sie haben sich da eine Schranke aufgebaut, Sie blockieren sich damit, Sie können weiter denken als bis zu dieser Grenze!

Das kommt in einem Rutsch aus Paul heraus, wie bei einem LKW, der seine Ladefläche zu weit nach oben kippt und auf einmal alles auf die Straße wirft.

Sind Sie mir böse?

Das ist ein kleiner Stein (ein Stück Kohle, eine Stahlklammer), der noch hinterherrutscht.

Sie lacht, zum ersten Mal (und er bildet sich ein, daß er gewonnen hat).

Ich habe eine Aversion gegen Gewalt, sagt sie. Ich schreibe an einem moralischen Text.

Wieder ist eine Ladung auf den Weg gepoltert, beide liegen jetzt da, und sie können so nichts damit anfangen, Kies und Zementsäcke (kein Schutt), es müßte jemand kommen, der daraus etwas macht.

Es klopft, und ehe Paul etwas sagen kann, kommt Frau Riedel, die Frau mit den Hunden, herein.

Kann ich ganz kurz etwas fragen? sagt sie sicher und selbstbewußt.

Lieber später, sagt Paul. In zehn Minuten.

Sie verschwindet wieder. (Was will er mit dieser Abwehr zeigen?)

Ja, und was machen Sie sonst? fragt er Frau Schneider.

Ich treffe mich mit den Studenten des Instituts. Ich wohne in einer Frauen-WG, und die haben alle mit dem Institut nichts zu tun. Gott sei Dank.

Ein Faden ist gerissen, Paul weiß nicht, wie er ihn wieder knüpfen könnte. Er steht auf und geht im Zimmer herum.

Das war sehr nett von Ihnen, sagt sie auf einmal mit ihrer wunderbar weichen, jetzt gar nicht genervt klingenden Stimme.

Ja, ich habe wohl zu emotional reagiert, sagt er.

Warum haben Sie so emotional reagiert? fragt sie (sie betont das warum).

Paul ist einen Moment sprachlos.

Das frage ich mich auch, sagt er dann.

Sie lachen beide, aber er spürt keine Offenheit, als seien sie befangen vor der richtigen Antwort und blieben am liebsten vor diesen Anspielungen verschlossen, keiner möchte etwas aussprechen, sie steht auf und will schon wieder gehen.

Bis gleich, sagt sie.

Auf einmal wird Paul von einer entsetzlichen Wehmut, einem Abschiedsschmerz gepackt (dabei sehen sie sich gleich unten). Er versteht nicht, woher er dieses Trauma, diesen Defekt hat. Aber er begreift, daß er irgendwann einen schweren Abschied nehmen muß.

Frau Riedel kommt herein, er ist immer noch voller Traurigkeit und voller Drang, darüber zu reden, beherrscht sich aber. Er gibt ihr die beiden Bücher zur

Auswahl (das eine ist von Roland Barthes) und erzählt ihr kurz etwas dazu. Dann muß er nach unten. Wieder sitzt Frau Schneider neben ihm, sie ist bei ihm geblieben, in seiner Nähe. Sie hören das Gedicht, das er heute morgen gelesen hat, er lobt es, es gibt eine gute Diskussion.

Es folgt ein Referat (heute geht alles Schlag auf Schlag) von einem sehr jungen Studenten über ein Gedicht von Anne Larousse (eines der schönsten, vielleicht das schönste), in dem es um die unerfüllte Liebe zwischen einem Mann und einer Frau geht. Der Junge ist dem Thema nicht gewachsen, aber er weiß das selbst und macht bescheidene Vorschläge zur Lektüre.

Vielleicht muß man es eher wie ein Stilleben auffassen, sagt er.

Olivia sagt, daß die Figuren des Gedichts unbewußt diesen Abstand einhalten, die Barriere nicht überschreiten, um ihre Gefühle so hoch zu erhalten.

Das ist eben das, was die beiden miteinander haben können.

Paul ist fast den Tränen nah, das Gedicht hat ihn heute berührt wie noch nie vorher, die Müdigkeit, das Gespräch mit Olivia, er ist in einer melancholischen, aufgeweichten Stimmung und läßt das Gedicht für sie sprechen.

Dieses Gedicht ist so schön, daß ich weinen mußte, als ich es zum ersten Mal gelesen habe, sagt er (das ist gelogen, aber wahr, auf heute bezogen).

Er spürt, daß Olivia sich entfernt, sie wird ernst, still, nachdenklich. Er überlegt, wie er sie zurückholen, festhalten kann, aber die Zeit ist beinahe um, die Stimmung im Seminar harmonisch, alle können Pauls Empfindung nachvollziehen, er hat die Studenten auf seiner Seite.

Er vergißt einen Moment, wo er ist. Warum? Olivia reagiert nicht mehr. Sie ist als erste draußen, nimmt ein Medikament, indem sie eine braune Flasche mit Kügelchen aufschraubt, an die Lippen setzt und etwas von dem Inhalt in den Mund rieseln läßt.

6

Die Zeit ist nicht mehr vergangen. Paul hat im Bahnhof etwas gegessen, im Zug gesessen, ist in Köln zu seinem Anschlußzug gerannt, hat geschlafen, ist wieder in Amsterdam gewesen, aber gleichzeitig steht er immer noch in der Tür und sieht Olivia gehen. Er fährt wieder im Liegewagen, er schläft kaum, es sind Leute im Abteil, die nachts zum Rauchen aus der Koje klettern, aufstehen und auf den Gang gehen. Die außergewöhnliche Kälte hält an, ein früher Wintereinbruch, dabei ist es Ende November. Kurz hinter Halle steht er auf und sieht die Lichter von Leipzig, kann sich kaum vorstellen, den Tag durchzuhalten, so müde ist er. Etwas hat sich verändert, es ist nicht mehr so dunkel. Als er aus dem Bahnhof kommt, tritt er in den ersten Schnee, und es kommt ihm nicht vor, als sei er der Stadt hinzugefügt, sondern als sei eine oberste Schicht abgenommen worden, um diese originale Oberfläche freizulegen.

Die Restauratoren arbeiten schon, Paul nimmt die Zeitung, geht nach oben, kocht sich Kaffee, schließt sich ein, aber er kommt nicht zur Ruhe wie sonst. Mit hochgelegten Beinen horcht er auf die Geräusche im Gebäude, es ist wie der Morgen vor einer Schlacht, jemand hat seine Pläne zurechtgelegt, alles erkundet, die Pläne wieder geändert, aber er weiß nicht, ob er sie überhaupt anwenden kann. Bis zwölf nickt Paul sogar ein paar Mal ein, oder er ist in einem verlangsamten, verdickten Zustand wie ein Tier, das seinen Winterschlaf beginnen will. Er sieht aus dem Fenster und beobachtet die Fußspuren der Studenten im Schnee.

Kurz nach zwölf ist er unten. Olivia lehnt am Treppengeländer, sie trägt eine schwarze Wollmütze, die sie häßlich macht, ihre Haare verdeckt, die Nasenspitze ist wieder gerötet, und sie erscheint wie ein zwölfjähriger Junge, der die Erwachsenen provozieren will, sie ist verändert, ablehnend, sie sieht ihn nicht an. Im Seminar macht sie ein böses Gesicht, weicht Pauls Blicken aus, bis er aufgibt. Soll er immer wieder versuchen, sie anzuschauen, auch wenn sie wegsieht? Was will sie eigentlich?

Er wiederholt das, was sie in der letzten Woche gesagt haben, er findet keine Resonanz, für die Studenten scheint unendlich viel Zeit vergangen zu sein, seine Stimmung sinkt. Er spürt Unzufriedenheit mit den Texten, mit dem Seminar. Er versucht, diese Empfindungen zum Sprechen zu bringen. Was kann man überhaupt lernen? Kann man überhaupt etwas lernen? Vielleicht hat er sich zu weit vorgewagt, vielleicht zu sehr zur Kritik eingeladen.

Frau Schilling äußert sich herablassend, abwertend über die letzte Sitzung. Über den Text, über die Diskussion, über Pauls Leitung? Er versteht sie nicht genau, ist aber empfindlich getroffen. Er holt weit aus, spricht von Erfahrung als Kategorie (die Erfahrung, die man braucht, um einen Essay schreiben zu können, die Erfahrung, die man überhaupt im Leben machen kann). Er zitiert Freud oder Freuds Gedanken darüber, ohne seinen Namen zu nennen, er spricht über die menschliche Erfahrung in den ersten drei Lebensjahren (er entfernt sich ein wenig vom Thema).

Woher das wohl kommt? ruft Olivia schnippisch in den Raum.

Sie meint: von Freud, und Paul reagiert nicht schlagfertig. Warum greift sie ihn an? Warum will sie aus dem, was er sagt, einen Fehler heraushören, eine Unterlassung, und alle darauf hinweisen? Er hat mit so etwas nicht gerechnet.

Gut, daß Sie nachfragen, natürlich beziehe ich mich hier auf Freud, sagt er in den stillen Raum.

Aber es gibt doch auch andere Erfahrungen, die man später machen kann!

Sie haben recht, sagt Paul.

Zwei Studenten wollen wieder zwischendurch in die Sprechstunde. Ein großer, blonder Mann aus Norddeutschland, der eine Hausarbeit schreiben möchte, einen Essay über Algerien, was Paul verblüfft. Nach ihm kommt Frau Riedel, mit den Hunden. Sie unterstützt Pauls Position, sie lobt das Seminar, seine Geduld, seine Vorschläge. (Von ihr hat er sich das nicht gewünscht.) Sie hat sich für Roland Barthes entschieden, sie gibt Paul das Buch zurück, das er ihr geliehen hat, sie hat es sich selbst gekauft, sie plaudern noch einen Moment, aber Paul spürt, daß er mit den Gedanken woanders ist, sich nicht trösten lassen will. Frau Riedel ist hartnäckig, intelligent, optimistisch, auf den ersten Blick hübsch, weiblich, eine ganz andere Frau als Olivia. Was ist Olivia für eine Frau?

Er sitzt wieder auf seinem Platz, vor den Studenten, aber es sind nicht alle da, es ist viertel nach zwei, auch Olivia fehlt, ihre Sachen liegen an ihrem Platz, aber er hört keine Schritte, er fängt an. Der etwas aufmüpfige junge Mann mit den gelbgefärbten Haaren (der zusammen mit Olivia geraucht hat), Herr Kleiber, soll heute ein Referat halten, über eine Gedichtanthologie, die Paul ihm geliehen hat. Er fängt mit leiser Stimme an, etwas über den Herausgeber zu erzählen, da kommt Olivia mit den anderen herein. Kleiber muß noch mal von vorn beginnen. Seine Stimme klingt gleichförmig und einschläfernd, überhaupt scheint schon niemand mehr zuzuhören, seit er begonnen hat, zu reden. Er gibt endlose Inhaltsangaben der einzelnen Gedichte (das ist nicht verabredet) und versucht, sie nach formalen Gesichtspunkten zu ordnen. Paul unterbricht ein paar Mal, aber er fährt fort in dieser methodischen, egozentrischen Weise, man spürt zwar, daß ihn die Gedichte begeistert haben, aber niemand wird davon angesteckt.

In der zweiten Hälfte will Herr Karmann eigene Gedichte vorstellen, er hat Paul in der Pause angerufen und angekündigt, daß er etwas später kommt. Paul hat ihm zugesagt, daß er um drei dran ist. Olivia sieht immer noch mißmutig aus, sie nimmt an dem Seminar schon nicht mehr teil, sie sieht aus, als wolle sie allein sein. (Warum ist sie dann hier?)

Nach einer Dreiviertelstunde fragt Paul, ob sie abbrechen und die Gedichte von Herrn Karmann hören wollen oder nicht. Zustimmendes Gemurmel. Herr Kleiber kämpft um seine Zeit. Er komme gerade erst zum Mittelteil. Paul bittet ihn, aufzuhören.

Ja, im nächsten Semester kommt jemand anderes, der macht das bestimmt viel besser, sagt Kleiber.

Und Sie, wofür sind Sie? fragt Paul Frau Schilling. Äußern Sie sich doch jetzt! Beim nächsten Mal finden Sie wieder alles ganz unmöglich!

Das letzte hat er scharf und aggressiv gesagt, Frau Schilling ist blaß geworden. Er läßt Herrn Karmann seine Gedichte vorlesen. Danach geht Paul viel zu früh in die Diskussion, bezieht viel zu früh eine Position. Ihm ist die Mitleidlosigkeit des Tons aufgefallen, in dem eine Verkäuferin beschrieben wird. Er erzählt von dem Fußweg vom Bahnhof zum Institut um halb sieben heute morgen, von den Leuten, die dann zur Arbeit gehen.

Wie kommen Sie denn auf Mitleidlosigkeit? fragt Olivia spöttisch, atemlos hauchend, unbeteiligt, so als lohne es sich nicht, eine Antwort abzuwarten.

Sie hat ihn wieder bei einem Fehler ertappt.

Das war mein Gefühl beim Lesen, sagt Paul. Ist das etwa ein Gedicht voller Mitleid?

Jetzt werden die anderen auch wach, verteidigen die Gedichte, Paul ist immer dagegen, und es gibt eine lebendige Diskussion. Olivia sagt nichts mehr. Sie geht als eine der ersten, ohne sich zu verabschieden, ohne sich umzusehen.

Es tut mir leid, sagt Paul zu Frau Schilling. Ich war wohl etwas zu laut.

So auszuteilen, vor dem Seminar, sagt sie empört (gespielt empört, sie nutzt sofort die Schwäche, die er zeigt).

Kommen Sie doch bitte mal mit in die Sprechstunde, sagt Paul.

Sie setzt sich ganz vorn auf den Stuhl, bereit, sofort wieder aufzuspringen, sie zeigt, daß es eigentlich nichts zu besprechen gibt. Aber Paul hat sich wieder unter Kontrolle.

Es ist gut, daß Sie so offen sind, sagt er. Ich will versuchen, der Diskussion eine andere Richtung zu geben.

Sie lächelt plötzlich.

Sie werden das an den Texten sehen, die wir noch vor uns haben.

Sie sind so melancholisch, sagt sie.

Er entschuldigt sich noch mal für seine heftige Reaktion. Sie bricht auf. Niemand ist vor der Tür. Olivia ist schon lange weg. Der Tag ist mißlungen. Es wird eine Woche dauern, bis er anfangen kann, etwas besser zu machen. Er muß sich beherrschen, seine überschießenden Emotionen in eine produktive Richtung lenken. (Schöne Vorsätze.)

Es schneit wieder, als er das Institut abschließt und zum Bahnhof geht. Die acht Stunden seit heute morgen haben genügt, um alles zu verändern. Aus der frostigen dünnen Schneeschicht ist eine dicke, weiche Lage geworden, es kommt Paul nicht wärmer vor, und es ist schon dunkel. Er hat gestern seine dicken schwarzen Stiefel angezogen, mit den Profilsohlen, so als hätte er gespürt, daß es hier schneien wird.

Es ist alles Einbildung gewesen. In dieser Woche, in diesen wenigen Stunden seit heute morgen hat sich seine Hoffnung (ja, er ist voller Hoffnung) verwandelt in ein Gefühl, das er schon kennt, in eine alte Empfindung der Sinnlosigkeit, der Vergeblichkeit. Er muß Geld verdienen, im Februar wird er wieder weg sein, bis dahin muß er durchhalten. Zum ersten Mal seit langer Zeit macht er sich keine Sorgen mehr, wie es weitergehen wird.

Das Schlimme ist, daß ihn nicht einmal die schwarze Wollmütze abschreckt, nicht einmal das schroffe, beleidigende Verhalten. Es ist eher so, daß es ihn anzuziehen scheint, als sei das für ihn die Sprache der Verliebten, als kenne er sie, als müsse er sie für sich deuten und übersetzen, und als sei die wahre Botschaft darum gar nicht zu zerstören. Nichts ist mehr sicher.

Ist das überhaupt eine Frau, an die er da seine Gedanken richtet, mit dem jungenhaften Körper, den struppigen Haaren, dem Schatten über der Oberlippe, den plumpen Stiefeln, dem eckigen Gang, der Zigarette im Mund, der Mütze, die sie noch männlicher macht? Warum hat sie sich so verändert? Was will sie überhaupt? Spielt sie ihm etwas vor, ist das taktisch, ein Schauspiel, ein Trick, ist das etwas, das Frauen tun, gleichgültig erscheinen, ablehnend, unabhängig, um jemanden für sich zu interessieren oder das Interesse anzustacheln? Oder ist das nur sein Interesse, haben sie in Wirklichkeit gar nicht miteinander gesprochen, haben sie nicht zusammen gelacht, hat sie das sofort wieder vergessen und ihn heute überhaupt nicht wahrgenommen, hat sie an jemand anderen gedacht, an ihren Freund (ihre Freundin)? Es ist so, als habe ein Blitz ihr Gesicht für Paul beleuchtet, ihm alles Geheime, die dunkle Nacht sichtbar gemacht, aber nur für diesen kurzen Augenblick, und schon sei wieder ein Schatten darüber, der normale Schatten, den er in Zukunft sehen wird.

Bis heute morgen dachte er, daß alles offen sei, daß er frei sei, hierhin oder dorthin zu gehen, weiter nach oben zu steigen oder umzukippen, jetzt weiß er, daß es schon viel zu spät dafür ist. Er ist umgekippt. Es ist wie ein kurzer Traum, der sich auflöst. Er ahnt schon, wie es weitergehen wird. Er hat zuviel getan, zuviel verraten, er kann nicht aufhören. Oder sie sind nur unwissende, gehetzte Tiere, die in diesem Gebäude verschiedenen Reizen ausgesetzt sind, wie Versuchstiere (durch ein bestimmtes anderes Tier), sie streifen umeinander, reagieren aufeinander, so lange, bis der Versuch ein Ergebnis erbringt, erfolgreich oder erfolglos abgebrochen wird. Seine Begeisterungszustände sind manipuliert, um einen Test durchzuführen, zu diesem Zweck ist er überhaupt hier, er wird dabei verbraucht. So ähnlich hat er sich Gabrieles Labor immer vorgestellt.

Er geht langsam zum Bahnhof, von einem Telefon im Wartesaal, der »DB-Lounge«, aus ruft er Gabriele an, sie hat Schnupfen, eine Erkältung, etwas Fieber, er kann nichts für sie tun, sie muß sich hinlegen, und er wird sich morgen um Bérénice kümmern. Er bestellt eine Pizza (wie immer mit Anchovis), trinkt ein Bier dazu (das viel zu kalt ist bei dem Wetter) und kämpft um ein ruhiges Abteil am Ende des Zuges. Er sitzt neben einem älteren Ehepaar, das bis Hagen reserviert hat, und bittet darum, das große Licht ausschalten zu dürfen, er erträgt das Grelle nicht mehr (es gibt ja die kleinen Leselampen). Sie sind höflich (obwohl sie nicht einverstanden sind) und geben nach. Paul zieht die Schuhe aus, legt die Füße hoch, schließt die Augen, trinkt ein Dose Bier. Bis Hannover bleibt es ruhig, er sieht Olivias glattes, faltenloses, böses Gesicht, ihre rote Nase, ihre roten Hände und weiß, daß er in die falsche Richtung fährt, ab Hannover denkt er an Gabriele, hoffentlich bekommt sie kein hohes Fieber und kann morgen aufstehen.

In Hannover wird es voll, viele Leute mit Rucksäcken drängen in den Zug, Paul hat die Vorhänge des Abteils zum Gang hin geschlossen, aber das hilft nicht mehr. Es ist, als habe Olivia mit ihren harten blauen Augen mehr gesehen als er oder etwas beobachtet, das er sich nicht vorstellen kann (an das er sich nicht mehr erinnert), von dem er aber unbedingt erfahren muß.

Was würden sie zusammen tun? (Eine Frage, die er sich schon viel zu früh gestellt hat.) Sie würden lange, nächtelang in ihrem unaufgeräumten Zimmer sitzen. Sie würde rauchen, sie würden trinken, und allmählich, Stück für Stück, würde sie Paul von sich als Kind erzählen, von den Unglücksfällen in ihrem Leben, bis ihm nach Tagen, nach Wochen der wunde, fehlerhafte Punkt klar werden würde. Ist das verlockend, so tief in ihr Leben einzudringen? Sie würde morgens lange schlafen, ihn vergessen, immer zu spät kommen, aber sich nicht preisgegeben, verraten, verkauft haben.

Es gelingt ihm nicht, sie nackt vor sich zu sehen, höchstens wie eine Steigerung von Gabriele, eine Temperatursteigerung, er kann sich nicht einmal ihre Zunge vorstellen, es wäre eher ein Nebeneinander-Gehen, es ist nicht das, was er will (es ist zum Verzweifeln), es käme darauf an, seine Nase in ihrem Haar zu verstecken, an ihrem Ohr zu riechen, seine Hand auf ihren Nacken zu legen. Und fast würde es ihm reichen, ihr gegenüberzusitzen (nicht so, wie ihm die Leute im Abteil gegenübersitzen), von ihr angesehen zu werden und sie anzusehen, an den Ernst in dem Einklang erinnert zu werden, ihre Wärme freizulegen. Er könnte sich vorstellen, mit ihr ans Meer zu fahren, im Winter, vielleicht Anfang März, in einem einfachen Hotelzimmer zu wohnen, neben ihr zu lesen, nachzudenken, zu sich zu kommen, Notizen zu machen über das Leben, das er dann besser verstünde.

Er erschrickt vor dem Gedanken, als in Dortmund der Zug wieder leerer wird, als er in Hagen allein im Abteil ist. Was irritiert ihn so an dieser Verliebtheit, er nennt sich zum ersten Mal diesen Ausdruck. Was zieht ihn an Olivia an? Könnte sie sein Leben in Gefahr bringen, könnte er wegen ihr sein Leben in Gefahr bringen? Seine Stelle, Gabriele? Reizt ihn das Risiko?

Er hat von fünfzehn Wochen erst fünf hinter sich, er muß all diese Sitzungen (noch zwanzig) ausfüllen ohne solche Gedanken. Er darf sich keine Schwäche erlauben (die Schwäche, jemanden zu sehr verstehen zu wollen). Olivia hat ihm deutlich gezeigt, daß sie von seiner Aufgedrehtheit nichts hält, oder daß sie wenigstens verschont bleiben will. Er will an ihr riechen, er will wissen, wie ihr Geruch ist, sie muß einen haben, auch wenn sie geruchlos zu sein scheint. Er wird nie in einem Hotelzimmer neben ihr liegen. Er wird eine Woche lang so weit entfernt von ihr sein, daß er das wieder vergißt.

Und doch ist es ein trostloses Gefühl, nach Amsterdam zu kommen, um diese Zeit, es ist feucht und mild (kein Schnee, die Temperatur ist zehn Grad höher), als würde er aus dem Winter in einen nassen Frühling geraten, so werden seine Hoffnungen immer größer, ja seit er von Leipzig weg ist, sind sie immer größer geworden (mit Olivia ans Meer). Er hat im Zug die Zähne so fest aufeinandergebissen, daß sie immer noch schmerzen, er spült seinen Mund aus, sieht nach Bérénice, die schnarcht, und nach Gabriele, die heiß ist, als ob sie Fieber hat, sie knurrt und murmelt etwas, aber er kann sich jetzt nicht zu ihr legen, er kann nicht schlafen, er öffnet leise eine Flasche Rotwein, die ihn nach dem kalten Bier zu wärmen beginnt, in drei Stunden wird Bérénice wach und er betrunken sein, sein Kopf fällt manchmal nach vorn, aber er bleibt im Wohnzimmer, bis Gabriele aufsteht, es geht ihr besser, sie kann sich um Bérénice kümmern, jetzt geht er endlich ins Bett. (Jetzt kann er krank werden.) Zwei Menschen, die er niemals verlassen würde, seine Frau und seine Tochter (wenn sie ihn nicht verlassen), er denkt daran, wie ihr Leben sein wird, wenn Gabriele jeden Tag nach Den Haag fahren muß, er würde alles tun für eine Stelle in Leipzig, sie könnten dort eine große sanierte Altbauwohnung über zwei Etagen mieten, für die Hälfte, das Leben wäre billiger, sie wären wieder in Deutschland, bei den freundlichen Deutschen (die gibt es da im Osten), nur drei Stunden von Hannover entfernt, und das wäre für ihn viel wichtiger: dort eine Stelle zu haben, als Olivia zu sehen!

7

Gabriele spricht von einer eigenen Wohnung. Sie hat einen Immobilienführer Amsterdam und Umgebung gekauft und weiß über viele Stadtteile und Orte in der Randstad Bescheid. Sie telefoniert mit Maklern, liest am Samstag die Anzeigen in den Zeitungen und hat am Sonntag einen Besichtigungstermin ganz bei ihnen in der Nähe. Paul kann nicht mitkommen, er ist zu müde, er bleibt mit Bérénice zu Hause. Er will Gabriele nicht entmutigen. Das Hotel seiner Eltern ist noch nicht verkauft. Gabriele ist immer noch zu Hause. Und wollen sie wirklich in Amsterdam bleiben? Es ist zu früh, und er denkt, daß Gabriele das weiß, wenn sie es auch nicht zugibt. Wäre es nicht besser, in Scheveningen zu wohnen, am Meer? Er hat Angst, obwohl gar nichts passiert ist. Er hat Angst um Gabriele.

Sie denkt an etwas in dem Stil dieses Hauses, nur an eine viel größere Wohnung. Sie muß auf etwas hinarbeiten, planen, ein Ziel haben, sie kann nicht loslassen. Platz für zwei Kinder. Sie kommt nachdenklich zurück, die Wohnung war für sechshunderttausend Gulden angeboten, nicht so schön wie ihre, lauter, und es waren mehrere doppelverdienende Paare da, die sich gegenseitig überboten haben, um sie zu bekommen.

Am Dienstag abend klingelt das Telefon, Paul denkt an die Makler, er putzt sich gerade die Zähne und läßt Gabriele abnehmen. Aber es ist für ihn. Sie spricht und verdreht die Augen. Bérénice schläft noch nicht. Paul denkt an Olivia, aber das ist ein unsinniger, absurder Gedanke. Als er hört, daß es Ritter ist, durchfährt ihn ein kurzer Schreck, der wie ein Blitz im Kopf einschlägt und durch den ganzen Körper wandert, bis in die Füße. Es ist ein Schuldbewußtsein: Er hat etwas falsch gemacht. Aber Paul hat sich nichts vorzuwerfen, es ist nichts passiert, und Ritter macht nur seinen Routine-Rundruf bei allen Dozenten, er will nicht einmal, daß Paul zu einem zusätzlichen Termin, zu einer Vertretung, nach Leipzig kommt. Paul erzählt von seinen Seminaren, von seinen Studenten (nicht von Olivia, dabei denkt er die ganze Zeit an sie, er sieht sie jetzt, während Ritter redet und redet, lächeln). Sie verabreden sich für Freitag morgen zum Frühstück.

Ritter klopft an Pauls Tür, wieder putzt er sich gerade die Zähne, im Anschluß an die Nachtfahrt hat er dringend das Bedürfnis, er hat schon seine Zahnbürste und seine Toilettensachen im Aktenschrank deponiert, damit er sie nicht jedesmal tragen muß. Nur zum Ausspülen muß er über den Gang zur Toilette. Ritter wartet überrascht und ein bißchen mißbilligend, wie Paul scheint. Ritter ist ausgeruht und frisch, er hat ein möbliertes Zimmer und schläft zwei oder drei Nächte in Leipzig. Paul muß daran denken, was Ritter Dienstag am Telefon zu Gabriele gesagt hat, von dem Paul zuerst nichts wußte und auf das er nicht reagieren konnte.

Könnte ich bitte meinen Angestellten sprechen, Gabriele hat ihm das nach dem Telefonat erzählt, und auch sie war fassungslos, nicht schlagfertig gewesen.

Hallo Chef, sagt Paul (er spürt sich selbst aggressiv werden und hört auf mit diesem Ton).

Aber Ritter scheint die Anspielung nicht verstanden zu haben. Gabriele hat sich nachträglich über seine Unverschämtheit aufgeregt.

Eigentlich mag Paul Ritter beinahe. Der Geruch nach väterlichem Rasierwasser, seine weichen, dunkelbraunen Hemden, Jacketts und Tweedhosen, die beruhigende Art, zu sprechen, die Weisheit, die er in jeden Satz legen will. Seine schmalen Lippen, die langen, bewußt ungepflegten Haare, die randlose Brille. Bei Ritter fühlt sich Paul aufgehoben, es ist, als könne er alle seine Probleme lösen, nur indem er sie bespricht. Sie suchen ein Café, und Ritter bleibt an jedem Gebäude stehen, um Paul etwas über dessen Geschichte zu erklären. Es ist kalt, Paul friert, er bittet Ritter, schneller zu gehen (mit den Erklärungen aufzuhören, das will er nicht sagen). Aber dann kommen sie an einem Friseursalon vorbei, und Paul sieht die Chance einer Rache.

Hier könnte ich mir gut die Haare schneiden lassen, sagt Paul, das ist viel billiger als in Amsterdam.

Ritter versucht durch die spiegelnde Scheibe in den Laden zu sehen und fährt sich durch die langen, lange nicht mehr geschnittenen Haare. Eine Liebesgeschichte zwischen Ritter und einer Studentin wäre unvorstellbar, denkt Paul. Und doch will Ritter genau diese Welt nicht nur beobachten, er möchte auch hier dabei sein, an allem teilhaben, er ist jemand, der einmal ausbrechen könnte, einfach weglaufen vor dem, was er da in der Scheibe gesehen hat. Sie gehen in das Café in der Hochschule für Grafik.

Du kannst mir mal gratulieren, sagt Ritter, als sie einen Platz gefunden haben, und er begonnen hat, belegte Brötchen zu essen.

Paul staunt, wie viele er in wenigen Minuten essen kann, er selbst trinkt nur einen Milchkaffee. Ritter hat gestern abend erfahren, daß er eine C-4-Professur in Saarbrücken bekommt, einen eigenen Lehrstuhl, unbefristet, mit einer Sekretärin und zwei Hilfskräften, einem Assistenten und Dienstreisen, allem, was dazugehört. Paul fröstelt einen Moment, seine Rückenmuskeln ziehen sich zusammen, es gelingt ihm nicht, zu lächeln, als er Ritters große, warme Hand nimmt und im Sitzen drückt.

Du hast ein Glück, sagt er nur.

Zugleich überlegt er, was das für ihn bedeuten könnte: kein Ritter mehr, der ihn unterstützt, eine Stelle, die frei wird, für ihn nicht in Frage kommt, aber Bewegung und Beförderung auslöst, vielleicht kann er am Ende aufrücken.

Meinst du, es gibt hier für mich eine Perspektive? fragt er direkt, zu direkt, wie er sofort an Ritters Gesichtsausdruck sieht.

Das ist schwer, sagt Ritter, als sei ihm dieser Gedanke lästig. Es gibt sehr viele Bewerber. Aber vielleicht, wenn ich im Ministerium bin, kann ich deinen Fall ansprechen. Mach dir bloß keine Hoffnungen!

Eine zweideutige Antwort für Paul.

Herr Weber hat ein sehr gutes Gedicht vorgestellt, erzählt Paul auf dem Weg zurück ins Institut.

Ja, der ist recht begabt.

Und was hältst du von Frau Riedel? Sie scheint sehr intelligent zu sein.

Ritter nickt.

Ich zeige heute einen Film im Seminar, sagt Paul, als könne er Ritter noch mehr für sich einnehmen.

Es sind etwas weniger Studenten da, als Paul mit seiner Videokassette ins Seminar kommt. Herr Weber hilft ihm, die Kassette einzulegen, den Kanal einzustellen, eigentlich könnte es losgehen, aber Paul wartet noch, es ist ihm, als ob schon alle wüßten, auf wen. Frau Riedel schüttet Herrn Götz aus Versehen eine Flasche Wasser über dessen Unterlagen, und Paul würde sie am liebsten hinauswerfen mit ihren Hunden. Götz ist beleidigt, weil sie sich nicht einmal entschuldigt.

Olivia kommt zu spät, und Paul erkennt sie zuerst nicht. Sie trägt eine kleine goldene Sonnenbrille mit grünen Gläsern, die ihr sehr gut steht, sie sucht sich einen Platz in der Nähe des Monitors, setzt die Brille hoch aufs Haar, legt sie dann vor sich auf den Tisch und läßt sie dort liegen, als Erinnerung daran, wie schön und begehrenswert sie draußen ist, in dieser anderen Welt, aus der sie kommt, und die Paul nicht kennt. Hier ist der 27. November, hier trägt niemand eine Sonnenbrille, aber dort, in ihrer Welt, scheint eine Sonne, vor der sie ihre Augen schützen muß.

Mittlerweile sind alle wieder da. Paul sieht Olivia nicht an. Er führt den Film vor, in dem berühmte, zum Teil schon lange gestorbene französische Schriftsteller zu ihren Essays befragt werden, es gibt skurrile Antworten und Szenen, und Olivia, die sich halb zum Monitor gedreht hat, schüttelt immer wieder belustigt oder verständnislos oder abwehrend den Kopf in Pauls Richtung (so als seien das Zeichen an ihn), aber er reagiert nicht darauf. Der Film kommt gut an, es gibt eine rege Diskussion.

Olivia schlägt für die nächste Sitzung einen aktuellen Essay von Jean Rouaud über Deutschland vor, den sie in Le Monde gelesen hat. Sie will Kopien machen und heute noch verteilen. Paul stimmt allem zu, aber vorsichtig.

Im zweiten Teil diskutieren sie dann, wie sich Langeweile in solchen Texten vermeiden läßt, bis Paul das Gespräch am Ende selbst zu langweilig wird. In der Pause gehen alle ins Café. Zum zweiten Seminar ist niemand da, nur die Sachen und Taschen liegen an den Plätzen, und Paul sieht aus dem Fenster. Er beobachtet, wie die Studenten langsam die Straße überqueren. Als sie ihn oben stehen sehen, gehen sie ein wenig schneller.

Ich habe gesehen, daß Sie so getan haben, als würden Sie sich beeilen, sagt er, als alle wieder auf ihren Plätzen sitzen.

Wir haben gesehen, daß Sie so getan haben, als würden Sie warten, sagt Frau Schilling, und alle müssen lachen, auch Olivia, aber Paul kommt schnell zur Sache.

Es gibt Gedichte zu besprechen, das Übliche. Dann hört Paul, wie die Studenten sich verabreden, nach dem Seminar wieder ins Café zu gehen, er packt schnell seine Sachen, er hat nur einen Rucksack dabei und geht nach dem Abschließen sofort hinüber, zum zweiten Mal heute.

Paul kommt in das Café, stellt sich an der Theke an, bestellt ein Nudelgericht mit Gemüse, das einzige, das auf der Tafel noch nicht durchgestrichen ist. Olivia hat ihm erzählt, daß es hier einen guten Erbseneintopf gebe, aber er weiß nicht mehr, wann und bei welcher Gelegenheit sie darüber gesprochen haben könnten, oder hat er das geträumt? Die Erbsensuppe ist ausgegangen. Die Studenten sitzen dicht gedrängt um einen langen Tisch, Paul zögert und geht vorbei, setzt sich allein an einen kleinen Tisch, er will warten, bis sein Essen gebracht wird. Dann wird er aufgefordert (nicht von Olivia).

Wollen Sie sich nicht zu uns setzen? fragt einer.

Paul steht wieder auf, steuert auf die Ecke zu, an der Olivia sitzt und setzt sich. Die anderen haben einen Stuhl frei gemacht, sind zur Seite gerückt und haben Platz geschaffen. Olivia weist ihn leise darauf hin, daß er seine Bestellung an der Theke aufgeben muß. Er lächelt sie an, aber nervös, und bedankt sich. (Sie hat ihn nicht eingewunken.)

Jetzt lächelt sie ihm zu. Ob sie wirklich lächelt, oder ob nur ein Reflex über ihr Gesicht läuft? Sie raucht, es ist, als würde sie sich damit einen Schmerz zufügen, und er müsse zusehen. In diesem Moment erinnert sie ihn an Karoline Eichhorn, eine Schauspielerin, die ein paar Jahre älter ist, aber auch diese harten, aufrechten Züge hat, diese männliche Entschlossenheit, diese ungeschminkte Schönheit. Eine wirklich deutsche Schauspielerin. Olivia ist jetzt etwas lockerer. Sie ist die einzige Frau am Tisch. Die anderen stellen Fragen.

Ich habe drei Jahre in Paris studiert, erzählt Paul, dann hatte ich eine Stelle in Köln.

Wollen Sie nicht in Leipzig bleiben?

Ich würde schon gern, sagt Paul, er spürt, daß er nur mit Olivia redet.

Sie erzählt von ihrer Zeit bei der Leipziger Volkszeitung. Sie hat Geld verdient und war dort jemand, denkt Paul. Sie gibt ihm den Artikel, den sie für ihn schon kopiert hat.

Haben Sie da mit dem Rauchen angefangen? fragt Paul (er will, daß sie aufhört). Journalisten haben die kürzeste Lebenserwartung.

Nein, sie lacht wieder. Sie hat schon vorher geraucht.

Er weiß, daß sie beide in einem Zug sitzen, der zu schnell fährt, um noch aussteigen zu können. Sie sitzen sich gegenüber, jeder sieht in eine andere Richtung, aber sie haben eine gemeinsame Idee, wohin sie fahren könnten.

Ich jobbe als Bedienung in einem vegetarischen Restaurant, da darf ich nicht rauchen, erzählt Olivia. Essen Sie vegetarisch?

Ja, ich würde gern einmal hinkommen, sagt Paul.

Sie ist immer sonntags da. Aber er ist in Amsterdam, wie soll er das schaffen. (Er würde sie gern als Bedienung sehen, den ganzen Abend dort sitzen, sie beobachten, wie sie mit den Gästen spricht.) Das Restaurant heißt Artischocke, er nimmt sich vor, einmal einen Abend dort aufzutauchen, dann muß er in Leipzig übernachten.

Das ist Richtung Connewitz, sagt sie.

Er glaubt, daß sie reiche Eltern hat, verwöhnt ist, verzogen, launisch, zickig. Warum sollte sie dann in einem Restaurant arbeiten? Sie will unabhängig sein. Was wäre mit dieser Herkunft für ihn verbunden? Warum weiß er sicher, daß sie allein ist? Warum glaubt er, daß sie etwas sucht? Was würde sie beeindrucken?

Sie müssen einmal nach Amsterdam kommen, sagt er.

Ich war noch nie in meinem Leben in Amsterdam, sagt sie.

Dann zeige ich Ihnen die Stadt, verspricht er. (So weit hat er sich vorgewagt in dem Gefühl, daß sie nie kommen wird.)

Die anderen wollen ins Kino, sie sprechen über einen Film, Paul hört nicht zu. Ob der in Amsterdam schon gelaufen ist?

Nein, aber ich laufe in Amsterdam, sagt er.

In das Lachen hinein steht er auf und verabschiedet sich. Olivia wünscht ihm »Gute Heimfahrt«. Es ist, als ob sie ihr Gesicht wieder geschlossen hat, nachdem die Luft hinein- und hinausgeströmt ist. Paul spürt jetzt erst die Müdigkeit, die zermürbende Wirkung der Nachtfahrt. Wieder in den Zug, wieder nachts ankommen, wieder nicht ausschlafen, wieder eine Nachtfahrt vor sich, er will das nicht mehr. Er kann die Leute in den Liegewagen, in den Abteilen nicht ertragen. Er braucht schon zwei Flaschen Wein pro Rückfahrt. Niemand ist dort so müde wie er. Einer der Studenten hat ihn zur Weihnachtsfeier eingeladen, am 17. Dezember, Donnerstag abend, an dem Abend vor seinen Seminaren, vor den letzten Veranstaltungen in diesem Jahr. Er muß hingehen. Er muß übernachten. Er muß Zeit haben, ausreichend schlafen. Sie müssen über den nächsten Umzug nachdenken.

8

Amsterdam ist eine fremde Stadt. Es ist keine Stadt, in die man sich zurückziehen kann, höchstens eine, aus der man irgendwann aufbricht und nicht wiederkommt. Amsterdam ist offen, alles kann herein und wieder heraus, ohne etwas zu bewirken, ohne etwas zu ändern, die Spuren, die bleiben, sind die von Geld. Das, was Paul von Leipzig kennt, ist anders: ein von einer Hülle umgebener Körper, der nicht alles schluckt und alles verdaut, der das abstößt, was ihm nicht zuträglich ist.

Was hatte ihnen eigentlich in Köln so gut gefallen? Die Atmosphäre, als ob man in einem schon etwas abgenutzten Wohnzimmer lebte, das in den fünfziger Jahren eingerichtet worden war? Die dicht besiedelte, enge, volle Innenstadt, die immer in Bewegung schien? Die etwas lässige, nicht ganz ernste Einstellung der meisten Leute, die nicht so deutsch wirkte wie woanders? Schön war die müde und durch die schwüle Luft lähmende Stimmung an manchen Sommerabenden, wenn jeder gleichgültig, friedlich, nachlässig wurde, das war Köln, diese feuchte Bucht mit der stillstehenden Luft und den Menschen, die sich gehen lassen konnten.

Von Westen kommend, über die A4, aus Paris, oder auch vom Flugzeug, sah man Köln wie ein Dorf in einer

Senke liegen, kompakt, wie eine größere Fabrikanlage oder einen Universitätscampus. Die Enge und Häßlichkeit vieler nach dem Krieg entstandener Straßen. Die Menschen, die die Häßlichkeit nicht empfanden. Die Wärme, die von diesen Menschen ausging. Die Amsterdamer waren viel nüchterner.

Was könnte er Olivia in Amsterdam zeigen, das nicht gerade Touristen besichtigten? Er würde mit ihr seinen Spaziergang durch den Vondelpark machen, bis zu den Museen und zurück. Vielleicht würde die Durchsichtigkeit und Luftigkeit der Stadt sie anstecken, sie würde selbst offener werden und wirklich mit ihm sprechen.

Soll sie Gabriele und Bérénice sehen, sein Leben kennenlernen, bei ihnen übernachten? War sie wirklich noch nie in Amsterdam? (Er kann auch mißtrauisch sein.) In drei Wochen ist die Weihnachtsfeier. Sie wird bestimmt kommen, das ist eine Gelegenheit, sich für eine halbe Stunde zu einem Spaziergang zu verabreden, endlich die Wahrheit zu sagen. Dieses Datum leuchtet ihm den Weg nach Hause, ins Bett, in den Schlaf, darüber hinaus braucht er nicht zu denken.

Gabriele hat mehrere Paare neue Loafer gekauft, die Kartons stehen noch im Flur, das ist das letzte, was Paul in dieser Nacht wahrnimmt. Am Samstag geht sie früh in die Stadt, Paul ist übermüdet, er muß auf Bérénice aufpassen, die es nicht gern sieht, wenn Paul auf dem Rükken liegt und die Augen schließt. Sie versucht jedesmal, ihn zu wecken, sie ist unruhig, weil Gabriele nicht da ist, und will nichts essen. Wenn Paul sie ansieht, hat sie die selben blauen Augen wie Olivia. Bérénice ist kräftiger geworden, schneller, aber sanftmütig geblieben, geduldig, anschauend.

Gabriele hat eine Wohnung gesehen, in einem Grachtenhaus, über drei Etagen, für dreihundertfünfzigtausend, nicht sehr gepflegt, etwas eng, aber jeder hätte ein Zimmer. Sie braucht ja ein Arbeitszimmer zu Hause. Morgen früh ist ein neuer Besichtigungstermin, Gabriele hat einen älteren pensionierten Architekten aufgetrieben, der als Sachverständiger mitgehen soll.

Wir haben doch das Geld überhaupt nicht, sagt Paul. Und zu dem Preis, da muß irgendwas faul sein. Vielleicht ist die Wohnung vermietet?

Er spürt, daß seine Einwände Gabriele kränken, sie hat sich schon die ganze Mühe gemacht, natürlich merkt sie, daß es zu früh ist, daß er hier nicht bleiben will, daß er immer noch Zweifel hat. Die Stimmung ist die ganze Zeit gereizt. Paul legt sich um acht ins Bett, als Bérénice schläft, er muß den Tag sofort beenden, er trinkt ein paar Gläser Rotwein, und wieder gibt es kein Gespräch. Er wird nicht einmal wach, als Gabriele ins Bett kommt. Er schläft zwölf Stunden, er schläft wieder ein, als Gabriele aufsteht und zu Bérénice geht, die Schuhkartons stehen immer noch da, als sollten sie ihn an etwas erinnern.

Er überlegt, ob es noch schlimmer wird, wenn er nur mitgeht, um Gabriele einen Gefallen zu tun. Sie spürt seine Abwehr schon. Was ist aus ihnen geworden in den letzten Wochen? Erst das große Heimweh nach Deutschland, jetzt der unbedingte Drang, hier seßhaft zu werden. Er ist benommen, hat einen unangenehmen Geschmack im Mund, Kopfschmerzen und fühlt sich lethargisch.

Ritter hat jetzt endlich seine Professur, sagt Paul.

Gabriele ist auf ihn immer noch schlecht zu sprechen, wegen seines Anrufs, wegen seiner Arroganz.

Vielleicht könnte ich mich da bemühen, wenn die eine Vertretung suchen oder die Stelle neu besetzen.

Das ist doch zu weit weg, sagt Gabriele.

Sie hat die Perspektive umgedreht, Paul findet Amsterdam zu weit weg von Leipzig.

Sie gehen zu der Besichtigung, aber der Architekt rät ihnen dringend ab, er hat auf den ersten Blick Schäden am Haus erkannt. Paul ist erleichtert.

Wir haben ja Zeit, sagt Gabriele, als sie mit dem Architekten in ein Café gehen, um ihm sein Honorar zu zahlen, er ist bemüht und nett zu Gabriele, wie ein Vater, er will sich umhören und für sie eine vernünftige Wohnung suchen. Paul fürchtet, daß er zuviel freie Energie hat und nicht mehr zu stoppen ist. Gabriele kämpft für etwas, er läßt sie kämpfen, er müßte sie längst aufhalten.

Paul wacht naßgeschwitzt auf. Er hat geträumt, sie hätten sich getrennt. Irgendeine frühere Trennung existiert noch in seinen Träumen. Etwas, das er sich wirklich nie vorstellen könnte.

Er fährt jetzt Donnerstag nachmittags und ist abends um elf in Leipzig. Er hat einen Schlafsack dabei und vier Dosen Bier, er marschiert in der kalten Nacht zum Institut und fühlt sich wieder geborgen, als er die Tür aufschließt, das Licht im Treppenhaus einschaltet, in den zweiten Stock steigt. Er geht schnell zur Toilette, sieht in sein Fach (leer) und schließt sich in seinem Büro ein. Es ist warm, und er legt den Schlafsack auf die Liege, dort ist auch ein kleines Kissen. Er zieht Pullover und Hose aus, löscht das Licht, kriecht in den Sack und trinkt in Ruhe das Bier.

Von draußen hört er ein sanftes Dröhnen und Pauken, wie von einer Fabrik. Der Himmel leuchtet rötlich, es ist ein Licht, das durch die Dachfenster hereinscheint. Paul fühlt sich mit der Hülle des Alkohols in seinem Kopf, in der Hülle des Schlafsacks, der des Büros, des alten Gebäudes wie von mehreren Schutzschichten umgeben, wie von vielen Decken zugedeckt, wie heimgekehrt.

Er rollt sich zusammen und schläft auf der harten Liege bis sechs, bis eine Putzkolonne kommt und das Zimmer aufschließen will. Er schickt sie weg und steht ausgeruht auf, zum ersten Mal ist er nicht übermüdet. Es scheint zu dämmern, aber das ist immer noch der Lichtschein über der Stadt. Das amerikanische Generalkonsulat nebenan wird von Polizisten bewacht. Die großen amerikanischen Autos sind mit Plastikplanen abgedeckt. An der Fassade der Hochschule für Grafik wird schon wieder restauriert, allmählich werden die ersten Teile des Gebäudes fertig.

Paul holt die Zeitung nach oben, frühstückt und ist immer noch in dieser ausgeruhten, gelassenen, fröhlichen Stimmung, in der er zu Hause seit einem halben Jahr nicht mehr war. Als er mit der Zahnbürste über den Gang geht, kommt ihm Frau Pfeifer entgegen. Er zuckt mit den Schultern, und sie versteht. Nachher geht er in ihr Büro und plaudert, erzählt aber nichts von seiner Übernachtung. Das ist etwas, das ihm schaden könnte, wenn gesagt würde, der schläft in seinem Dienstzimmer auf der Liege. Das darf niemand erfahren. Den Schlafsack hat er zusammengerollt in das unterste Fach des Aktenschranks gelegt. Aber er will das jetzt immer so machen (noch zehn Mal), es ist ein ganz anderes Gefühl, abends nicht so elend müde in den Zug steigen zu müssen. So kann er auch nach der Weihnachtsfeier übernachten.

Vor dem Seminar steht Paul lange am Fenster und sieht die Studenten kommen. Im Seminar ist kaum jemand vorbereitet. Heute steht das Referat von Frau Wiese an. Paul ist gespannt. Olivia ist nicht da. Frau Wiese hat das Buch gelesen. Das ist offensichtlich, aber sie bringt kaum einen Satz heraus. Paul versucht, ihr mit Fragen zu helfen. Er ist nicht darauf vorbereitet, die ganze Sitzung über das Buch zu reden. Aber sie hat einen völligen Blackout, sie wird rot, ist nahe daran, zu weinen, lacht verzweifelt, und Paul bleibt nichts anderes übrig, als das Referat noch einmal für nächste Woche anzusetzen.

Olivia kommt zu spät herein, um Verständnis hauchend, sie setzt sich links neben Paul, es ist schon klar, daß neben ihm immer ein Platz für sie frei ist. Die anderen tuscheln. Paul fordert Olivia auf, etwas zu dem Essay zu sagen, den sie verteilt hat. Sie ist vorbereitet, sie holt ein Exzerpt aus ihrer Mappe, auch damit hat Paul nicht gerechnet, und beginnt ein Referat, das fast die ganze Sitzung dauert. Der Fall Wiese ist schon vergessen, so klar, so einfühlsam, so nachvollziehbar spricht Olivia, wieder mit ihrer weichen und eindringlichen Stimme. Sie trägt eine rote Kordhose und ein schwarzes, dünnes T-Shirt.

Paul hört zu und versucht, seinen Gesichtsausdruck zu beherrschen. Er betrachtet den Flaum auf Olivias Unterarmen, in ihrem Nacken. Es ist, als hätten sie sich schon berührt, als seien sie auf dieselbe Frequenz eingestellt, und ihre Körper verstünden einander stumm, nur durch Wellen, die sie aussenden und empfangen, als spreche immer derselbe Körper, nur abwechselnd mit einer anderen Stimme. Paul sieht an Olivia vorbei aus dem Fenster, dort haben sich vor der Dämmerung und der rot untergehenden Sonne Wolkenschluchten gebildet, die sich scharf vom Himmel abheben, es ist eine Aussicht wie in ein Gebirge.

Paul macht ein paar flapsige Bemerkungen über Jean Rouaud, den er nicht besonders mag, und seinen Essay. Aber die Studenten haben die Qualität des Textes und des Referats erkannt und spielen das Spiel mit. Paul fühlt sich, als stünde er vor einer gut eingespielten Bigband und brauche nur mit einem Blick, einem Zwinkern, einer Fingerbewegung die Einsätze zu geben. Ja, es ist heute, als entstehe allmählich eine Gemeinschaft in diesem Seminar, eine Diskussionsmusik, eine Leidenschaft, ein Hunger, etwas zu sagen und zu hören. Er beendet die Sitzung mit einer kleinen Zusammenfassung und bleibt sitzen, während die Studenten ihre Unterlagen einpacken.

Olivia bleibt länger sitzen als er. Herr Götz und Frau Szcymanski wollen heute in die Sprechstunde kommen. Paul bittet Frau Wiese, ebenfalls zu erscheinen. In der Pause tut er gar nichts. Er ist fast glücklich, da zu sitzen und nichts zu erwarten. Er wird sie wiedersehen, und es wird keine Angst mehr geben, keine Vorsicht.

Vor dem zweiten Seminar spricht ihn Olivia an. Sie lächelt.

Ich würde gern eine Hausarbeit bei Ihnen schreiben, sagt sie.

Paul ist es, als hätte sie etwas anderes gesagt, der Klang des Satzes und das, was sie eigentlich meint, erregen ihn, körperlich. Er glaubt, daß sie das spürt.

Kann ich etwas über Moral und Literatur machen?

Kommen Sie in die Sprechstunde, am besten als letzte, dann haben wir Zeit.

Ja, du weißt es, denkt Paul. Er hört die Musik. Er ist immer noch erregt, aber viel lockerer als sonst in den Seminaren. Sie weiß es. Er hat vergessen, was heute dran ist, er erinnert sich nachher nicht mehr, worüber sie eigentlich gesprochen haben, er hat die Studenten diskutieren lassen und die Nähe Olivias gespürt, die Gewißheit, die Freude. Er kann es erwarten, er ist sogar frei in diesem Moment, nichts zu erwarten. Er fürchtet, daß er selbst heute ängstlich sein wird.

Zuerst kommt Frau Szcymanski, eine neunzehnjährige hübsche Frau mit rotgefärbten Zöpfen. Diese Zöpfe. Gabriele war damals die einzige, die so etwas getragen hat. Die fünf Jahre kommen ihm unendlich lang vor.

Frau Szcymanski hat ein Stipendium bekommen, und Paul gratuliert ihr. Sie erzählt von zu Hause (sie kommt aus Dresden) und weiß nicht, ob sie in den Seminaren immer folgen kann, sie hat nicht so viel gelesen wie die anderen, Paul ermutigt sie. Herr Götz möchte noch mehr Lob für sein Referat. Paul gibt es ihm.

Dann kommt Frau Wiese. Als Paul sie fragt, was mit ihr los war, beginnt sie zu weinen. Er ist eine Sekunde lang versucht, aufzustehen, sie zu umarmen, ihr über den Kopf zu streichen oder über die Schulter, um sie zu trösten, aber er beherrscht sich. Er fragt, ob sie irgendwelche Probleme hat, zu Hause, aber sie sieht ihn durch die Tränen so erwartungsvoll an, daß er vorsichtig wird. Er rät ihr, sich besser vorzubereiten. Sie soll nächste Woche ihre zweite Chance haben. Sie lacht und erzählt von den Weihnachtsgeschenken, die sie heute noch kaufen will.

Paul weiß, daß Olivia schon vor der Tür steht, er hat sie eben gesehen, als Frau Wiese hereinkam. Aber sie will nicht aufstehen. Er muß auch lachen, und sie wird unsicher. Als sie geht, schaltet er das grelle Neonlicht aus und seine Schreibtischlampe ein, er fühlt sich unvorteilhaft angeleuchtet. Er geht auf und ab, bis es klopft, dann sagt er leise »Ja« und muß lächeln, er kann sich nicht mehr verstellen.

Sie lächelt auch. Sie zieht ihre Jacke aus, Paul zeigt auf einen Stuhl am Besprechungstisch, sie setzt sich und sucht eifrig in ihrem Rucksack herum (hellbraunes Leder, eine Farbe wie ihre Haare). Sie sind jetzt zum zweiten Mal allein.

Ja, es ist schwer, sagt Paul.

Sie meinen, das Thema für die Hausarbeit.

Nein. Ich meinte mit Ihnen allen. Es gab vorhin schon Tränen hier.

Mandy, sagt sie.

Aber lassen wir das, sagt Paul. Was wollen Sie denn machen? (Er kommt aus dem Dozententon nicht heraus, aus Angst?)

Ich möchte beweisen, daß gute Literatur doch moralisch sein kann. Ich muß das unbedingt aufschreiben.

Ja, schreiben Sie etwas sehr Subjektives, etwas Autobiographisches, schreiben Sie etwas darüber, wie Sie auf diese Frage gekommen sind, welche Erfahrung Sie zu dieser Überzeugung gebracht hat, ich würde gern etwas Autobiographisches lesen.

Warum geht er in Deckung, warum deutet er nur an, warum ist er nicht offener? Paul sieht jetzt erst, daß Olivia kleine Ohrringe trägt, als sie ihm gegenübersitzt und die Haare zurückstreicht. Er sieht auf ihre Haare. Sie sitzt angelehnt, die Beine in der Kordhose leicht gespreizt. Die Augenbrauen über der Nasenwurzel berühren sich fast. Ihre volle Oberlippe. Das Leuchtende ihrer blauen Augen. Er liebt sie.

Das Telefon klingelt, Gabriele ist dran. (Ihre hellseherischen Fähigkeiten.) Sie haben in Amsterdam einen Kurzschluß und finden den Sicherungskasten nicht. Paul erklärt knapp und präzise, er vermeidet den Ehepartnerton. Aber natürlich weiß Olivia, mit wem er spricht.

Ich habe gerade jemand hier in der Sprechstunde, sagt er.

Er ist nervös geworden.

Ich kann Ihnen bis nächste Woche ein genaues Thema sagen, versucht er anzuknüpfen.

Er möchte nur, daß sie wiederkommt.

Das war sehr gut, Ihr Beitrag heute im Seminar, das Referat, das Sie vorbereitet hatten, sagt er lächelnd, dabei will er etwas ganz anderes sagen.

Sie machen sehr gute Seminare, sagt sie. Sie provozieren, und dann nehmen Sie sich auch wieder zurück. Es wird nirgendwo so offen diskutiert wie bei Ihnen. Wir reden auch sonst sehr viel über Ihre Seminare.

Paul schweigt, er spürt, daß sie das ehrlich meint, aber etwas anderes sagen will.

Ja, ich bin nur dieses Semester da.

Hoffentlich kommen Sie noch einmal wieder, sagt sie.

(Hat sie wirklich »hoffentlich« gesagt oder »vielleicht«?, Paul weiß es nicht mehr und erschrickt.)

Ich bringe Ihnen nächste Woche ein Buch mit, sagt er. (Er hat einen bestimmten Titel im Sinn.)

Kommen Sie noch mit ins Café? fragt sie. Ich muß jetzt gehen, die anderen warten auf mich.

Nein, ich muß zum Bahnhof, sagt er, das wird zu knapp.

(Er will aufnehmen, was sie gesagt hat, auskosten, bedenken, er möchte nicht, daß eine Bemerkung alles wieder in Frage stellt.)

Er gibt ihr seine Karte.

Sie können mich auch anrufen, wenn Sie eine Frage haben.

Nein, so dringend ist es nicht, sagt sie und lacht.

Er muß auch lachen, weiß aber keine schlagfertige Antwort. Sie steht auf und gibt ihm zum Abschied die Hand.

Vielleicht kommen Sie ja noch einmal wieder, sagt sie diesmal (er hat genau hingehört, es ist, als müsse sie schon wieder etwas zurücknehmen).

Kommen Sie denn zur Weihnachtsfeier? fragt er.

Ja klar.

Ich auch, sagt er, und es ist wie eine Verabredung.

Dann bis nächste Woche!

Paul packt sofort seine Sachen, er kauft am Bahnhof zwei Flaschen Rotwein (deutschen Rotwein, Portugieser) und findet ein Abteil, in dem nur ein einzelner Mann sitzt. Paul trinkt schluckweise und muß immer lachen, er ist zu glücklich, zu müde. Während der Mann, der in seinem Alter ist, ein Gespräch anfängt und Paul ab und zu eine Bemerkung oder eine Frage einwirft, ist er dankbar für alles, für diesen Tag, für die Fahrt, für die Entspannung, für die Zukunft, sie wird mit Olivia zu tun haben, er wagt es nicht, über die Konsequenzen ihres Gesprächs nachzudenken, er muß vorsichtig sein, er muß seine Rolle bis Februar spielen (hoffentlich länger), er wird allmählich betrunken, er hat nichts gegessen, aber er schafft das Umsteigen in Köln, immer noch lachend.

9

Olivia hält sich an ihre Ankündigung und ruft nicht an. Was für ein Gefühl müßte es sein, ihre Stimme am Telefon zu hören, denkt Paul. Er übernachtet wieder in seinem Büro, ist nicht ganz ausgeschlafen, aber es ist viel besser als in den ersten Wochen. Er geht gleich um neun zum Friseur und läßt sich von einem jungen Mann die Haare schneiden. Paul freut sich an seiner weichen Aussprache, ein Gegensatz zu den fast senkrecht stehenden, gelbgefärbten Haaren, die ihm etwas Kriegerisches geben. Der Haarschnitt ist gut geworden, und Paul fühlt sich besser, anziehender mit der neuen Frisur.

Als er ins Seminar kommt, ist Olivia schon da. Sie hat plötzlich rot, fast dunkelrosa lackierte Fingernägel, sie trägt einen weiten beigen Pullover und einen Rollkragenpullover darunter. Sie hat an den Handgelenken Armreifen, die in den weiten Pulloverärmeln klimpern, etwas elegantere schwarze Stiefeletten mit leicht erhöhten Absätzen (aber nicht geputzt), und Paul ist es, als müsse er wieder eine andere Seite an ihr kennenlernen. Als er sie etwas fragen will, trinkt sie stilles Mineralwasser aus einer großen Plastikflasche, die vor ihr auf dem Tisch steht, und schüttelt beim Trinken den Kopf. (Wie ein Kind, denkt Paul, sie versteht nicht, daß sie sich die Mühe machen könnte, zu antworten.)

Paul zeigt zum Einstieg wieder ein Video, mit Sequenzen zur Literatur der Nachkriegszeit. Frau Wiese hat ihre zweite Chance, sie liest ein paar Stichworte von einer Karteikarte ab, die anderen grinsen schon, dann stockt sie wieder. Paul versucht, ein paar Thesen aus diesem wichtigen Buch zu überspitzen. Es gibt eine kontroverse Diskussion. Olivia beteiligt sich nicht, als gehorche sie einem geheimen Gesetz, nach dem sie sich an manchen Tagen Paul zuwendet, interessiert, wach, aufgeschlossen, und an anderen reserviert sein muß, versperrt, desinteressiert.

Paul redet zuviel, spitzt stark zu, die Diskussion bekommt eine Schärfe, die er nicht will. Er spricht in diesem Moment nicht aus seinem Herzen, sondern aus diesem Buch. Er ruft einen älteren, sehr begabten Studenten auf, Herrn Frank, von dem er einen intelligenten, vielleicht entkrampfenden Beitrag erwartet. Es stellt sich heraus, daß Frank nicht vorbereitet ist.

Da muß ich mir eine Strafe für Sie überlegen, sagt Paul (resigniert).

Aber Herr Frank ist getroffen, wird aggressiv, schreit, bis Paul ihn bitten muß, hinauszugehen. Vor der Tür versucht Paul, das Ganze aufzuklären, aber Frank schreit weiter, und es gibt keine Verständigung.

Das zweite Seminar wird besser, Paul ist vorsichtig, einfühlsamer, zwei Studenten lesen ihre Gedichte vor, über die es sich zu sprechen lohnt. Mehrere Interessierte kommen in die Sprechstunde, sie wollen Hausarbeiten schreiben, über die Themen reden. Paul gibt sich Mühe, korrekt zu antworten, aber er denkt an etwas anderes. Olivia kommt wieder zum Schluß. Sie scheint vergessen zu haben, was sie letzte Woche besprochen haben, warum sie sich auffallend sorgfältig angezogen hat, warum sie hier ist. Paul redet zuviel, Dinge, die er eigentlich nicht sagen wollte. Über seine Erwartungen an ihren Essay. Er hat ihr die Mittelmeer-Essays von Camus mitgebracht, seine alte Ausgabe. Er wollte ihr eigentlich ein Foto von Bérénice zeigen, aber das wäre heute ganz unpassend. (Was hofft er damit überhaupt zu erreichen? Oder soll das eine Warnung sein?) Er hat das Bild seiner Tochter in das Buch gelegt und läßt es darin. Olivia nimmt es und steckt es in ihren Rucksack.

Sie ist heute weiter entfernt von ihm. Sie weiß nicht einmal, ob sie in den Weihnachtsferien Zeit hat, an dem Essay zu schreiben. Sie muß in Frankfurt auf der Messe arbeiten, um Geld zu verdienen. Wieder scheint sie etwas andeuten zu wollen, ist aber zu vorsichtig, ängstlich, mißtrauisch, als fürchte sie, etwas Verbindliches zu sagen. Von der Weihnachtsfeier sprechen sie nicht mehr. Sie ist schon nächsten Donnerstag. Olivia verabschiedet sich förmlich, sie lächelt kaum, Paul versucht nicht, sie festzuhalten, er tut gleichgültig, ist aber traurig, auf der ganzen Rückfahrt.

Paul hält das Warten nicht mehr aus. Natürlich wird Olivia nicht anrufen. Er bereitet seine Seminare vor, am Tag nach der Weihnachtsfeier werden nicht alle kommen, und die, die gefeiert haben und trotzdem anwesend sind, nicht besonders wach sein. Paul hatte in Köln zwei Studenten für ein Auslandsstipendium in Frankreich vorgeschlagen, für ein Jahr, nicht sehr gut dotiert, aber die Auslandserfahrung zählte als Auszeichnung und Qualifikation. Montag morgen ruft Paul gleich dort an und erkundigt sich, ob er noch jemanden vorschlagen kann, an dem Institut in Leipzig. Der Referent ist wie immer freundlich und bittet Paul, seinen Vorschlag so bald wie möglich schriftlich einzureichen und zu begründen. Sie haben an diesem Institut schon mehrere Studenten ausgewählt. Im zweiten Schritt werden immer Gutachten in Auftrag gegeben.

Paul ruft Frau Pfeifer an und fragt nach Olivias Nummer, wegen einer Hausarbeit, sagt er. Es ist erst halb zehn. Olivia ist sofort dran, nicht jemand aus ihrer WG. Paul ist aufgeregt, er hat Herzklopfen und ist außer Atem.

Sie meldet sich mit: Ja, Olivia.

Er sagt seinen Namen und dann: Erschrecken Sie nicht. Ich will Ihnen etwas sagen.

Es gibt eine Pause.

Hätten Sie Interesse an einem Stipendium in Frankreich? Das wäre für ein Jahr, Sie können sich aussuchen, wohin Sie wollen. Ich müßte Sie vorschlagen.

Ja, sagt sie, nur ja, als sei sie mit etwas anderem beschäftigt, liege vielleicht noch im Bett, sei nicht allein, aber sie verrät nicht, was mit ihr los ist.

Sie haben mir erzählt, daß Sie jobben müssen und keine Zeit haben, deswegen dachte ich, Paul zögert, sie muß doch etwas sagen, aber sie antwortet nicht.

Jeder Student, der ein solches Angebot bekommt, müßte begeistert sein. Warum dieses Mißtrauen, die Abwehr, das Zögern? Paul schämt sich für sie. Warum will sie nicht sagen, was sie denkt? Er beschreibt (obwohl er eigentlich aufhören will) die Vorteile eines solchen Aufenthaltes, an manchen Universitäten gibt es Seminare mit Kritikern und Schriftstellern.

Ja, ich glaube, ich habe davon gehört, sagt Olivia schließlich. Meine Mitbewohnerin hatte mal so ein Stipendium in England.

Ich weiß nicht, ob Sie damit einverstanden sind, sagt Paul. Aber ich würde Sie vorschlagen, wenn Sie wollen.

Wieder Schweigen. Er hat sich so unglaublich bemüht. Er hat sich unglaubliche Hoffnungen gemacht. Jetzt muß er ihr noch zureden, es sich wenigstens bis Freitag zu überlegen.

Sie bedankt sich artig, wie ein Schulkind, das einen Knicks macht, aber den Lehrer haßt. Ist das zwischen ihnen so?

Als er auflegt, ist ein riesiger hallender Raum um ihn herum. Es ist, als sei er plötzlich aus dem Zimmer ins Freie versetzt worden, das Dach abgehoben oder das Haus vom Boden nach oben geschwebt. Er hört Gabriele mit Bérénice sprechen, aber er weiß zuerst nicht, wessen Stimmen das sind. Er spürt, daß er rot geworden ist. Immer noch spürt er Scham. Diese Vorschlagsmöglichkeit zu benutzen, um Olivia näherzukommen, um mehr von ihr zu erfahren! Er müßte ihre Persönlichkeit ausführlich beschreiben, ihre Begabungen. Als er selbst für ein Promotionsstipendium ausgewählt wurde, war er stolz und begeistert, er kam sich wie etwas Besonderes vor, jemand, der eine große Karriere machen würde.

Am Donnerstag hat er die letzte Chance, danach wird er Olivia ignorieren, vergessen, jemand anderen vorschlagen, ihre Hausarbeit nicht lesen. Er muß daran denken, wie es mit Gabriele lief. Er war geduldig und gelassen. Aber zu so etwas hat er keine Zeit, keine Ruhe, keine Kraft. In ein paar Wochen werden sie sich ohnehin nicht mehr wiedersehen. Es gelingt Paul kaum, aus dem hohen Raum, in dem er mit nervöser, gepreßter Stimme gesprochen hat, wieder in die kleine Wohnung in Amsterdam zurückzukehren.

Am Dienstag streiten sie den ganzen Tag, über Kleinigkeiten, über die Wohnungsfrage sprechen sie nicht mehr. Paul hört laut Richard Strauss unter den Kopfhörern und trinkt. Gabriele trägt ihm nach, daß er ihre Suche nicht unterstützt. Abends hat Bérénice Durchfall, sie wirkt auf einmal fiebrig und apathisch. Kurz vor sechs geht Gabriele mit ihr zum Kinderarzt, ohne Paul Bescheid zu sagen. Er sucht die beiden und trifft sie im Hauseingang der Praxis. Bérénice hat eine schwere bakterielle Infektion, sie muß Antibiotika nehmen, Paul läuft zur Apotheke, sie geben ihr den Saft, wenn sie nicht genug trinkt, muß sie in die Klinik. In der Nacht reden sie kein Wort miteinander, Paul schläft im Wohnzimmer.

Mittwoch morgen geht es Bérénice noch nicht besser, sie scheint sehr matt und kraftlos. Gabriele telefoniert mit dem Kinderarzt, sie geben ihr die Medikamente.

Immerhin beginnt Bérénice am Nachmittag, winzige Schlucke aus ihrem Fläschchen zu trinken. Am Abend kommt Gabrieles Mutter, sie bringt neue Angst und Unruhe herein, aber sie will Gabriele helfen, wenn Paul nicht da ist. Sie reden immer noch nicht wieder miteinander, vor Gabrieles Mutter tun sie, als sei alles in Ordnung. Donnerstag morgen gehen die drei zum Kinderarzt, Pauls Zug fährt um zwölf, er kann gerade noch abwarten, bis sie zurückkommen und die Nachricht mitbringen, daß Bérénice das Schlimmste überstanden hat. Es ist, als hätten die Frauen einen Ring um Bérénice geschlossen, und er komme nicht mehr an sie heran. Erst im Zug wird ihm klar, wie nah sie daran war, in die Klinik zu kommen.

10

Allmählich wird sein Abstand zu Amsterdam größer, er steigt in Köln um und wird kurz nach zwanzig Uhr in Leipzig sein. (Dann beginnt das Fest.) Im Abteil unterhält sich ein sehr hübsches Mädchen, eine Schülerin, mit einem Informatiker über ihre Karrieren. Sie hat in Singapur eine englische Schule besucht und will im Ausland studieren, sie will Unternehmensberaterin werden. Ihr Leben mit all den Reisen, den Umzügen, dem Mangel an Privatleben liegt schon fertig vor ihr wie ausgedruckt. Als sie in Hannover aussteigt, wartet ein energischer, entschlossener junger Mann auf sie, und sie schließen sich seltsam zärtlich in die Arme, als seien alle äußeren Ziele unwichtig geworden. Wie schnell sich ihr Gesichtsausdruck geändert hat.

Paul denkt in diesem Moment der mitangesehenen Umarmung an Olivia und schlägt die Augen nieder.

Erst jetzt wird ihm klar, daß er auf eine Katastrophe zusteuert. Warum tut er das? Gabriele wird ihn verlassen. Er wird seine Stelle, seine Aussicht auf eine Stelle verlieren. Er wird Bérénice verlieren. Er wird nichts dafür bekommen.

In Leipzig marschiert er zum Institut, betritt den Raum, in dem die Party stattfinden soll, noch in Jacke und Rucksack und sieht Olivia, die mit Frau Richard im Gespräch an der Wand gegenüber der Tür lehnt. Sie wird rot, als sie Paul bemerkt, glühend rot. Paul nickt allen zu, geht in den zweiten Stock in sein Büro, packt seine Sachen aus, ruft in Amsterdam an, Bérénice schläft, und es geht ihr besser.

Jetzt muß Paul lachen, all seine Zweifel waren überflüssig. Sie denkt an ihn, sie spricht über ihn, sie wird rot, wenn sie ihn sieht, es wird leicht werden mit ihr, heute werden sie offen miteinander sprechen. Er lacht, als er die Treppe hinunterläuft. Er ist übermütig und singt. Schlagartig hat sich alles geändert. Er glaubt, er kann mit ihr glücklich sein. Mit ihrer Wärme. Er will auch das Zerrissene an ihr, an sich selbst sehen, sich öffnen.

Die Räume haben sich gefüllt, Paul begrüßt die Anwesenden, die er kennt, spricht kurz mit Ritter. Olivia steht nicht mehr an der Wand, Paul bahnt sich den Weg zu dem Raum mit den Getränken, da steht Olivia im Eingang, mit einer anderen Studentin, diesmal wird sie nicht rot. Paul holt eine Flasche Bier und stellt sich zu den beiden. Olivia hat etwas Weißes am Mund (Sahne, Creme, Schaum?). Er spürt, daß sie angespannt ist, er möchte allein mit ihr sprechen, er muß Geduld haben.

Er verliert die Kontrolle und erzählt von Bérénice, endlich kann er mit jemandem darüber sprechen, aber er spürt, daß er Olivia mit seiner Erzählung enttäuscht, sie vor den Kopf stößt, verletzt. (Nur weil er von seiner Tochter spricht, davon wollte sie heute bestimmt nichts hören.) Sie trägt einen einfachen schwarzen Pullover und eine schwarze Hose, die eng auf der Taille sitzt und an den Beinen leicht ausgestellt ist, schon wieder eine neue, dazu schwarze Stiefeletten.

Eigentlich sollte sie nicht als Einzelkind aufwachsen, fährt Paul fort. Aber ältere Geschwister haben es auch nicht leicht. Kennen Sie dieses Buch über Geschwisterkonstellationen?

Ich habe noch eine Schwester, die ist jünger, sagt Olivia.

Meine Schwester ist älter.

Meine Mutter hat immer gesagt, ich habe nur zwei Hände, da kann ich auch nur zwei Kinder haben, sagt sie.

Und Sie, wofür haben Sie zwei Hände, hätte Paul gern gefragt, aber er läßt es.

Als die andere Studentin weggeht, ist es schon zu spät. Sie stehen in dem grellen Neonlicht, als ob sie da mehr voneinander sehen könnten.

Ich habe so auf Sie eingeredet am Montag am Telefon, sagt Paul, das habe ich erst nachher gemerkt.

Ich war noch nicht richtig wach, sagt Olivia. Ich hatte am Abend vorher in dem Restaurant bedient und alles falsch gemacht, das ging mir noch durch den Kopf. Ich würde gern so ein Auslandsstipendium haben, aber ich traue mir das nicht zu. Wenn die meine Allgemeinbildung testen, falle ich durch.

Wir können uns noch einmal darüber unterhalten, morgen, in der Sprechstunde, sagt Paul. (Warum eigentlich nicht jetzt?) Auf jeden Fall schlage ich Sie vor!

Paul ist betreten und verlegen nach seinem Fauxpas, er spürt keine Antwort bei Olivia. Ritter hat ihm gesagt, er sehe sehr müde und schlecht aus, er möchte nicht mehr in dem hellen Licht stehenbleiben. Er sieht im Hintergrund Professor Sander, den Institutsdirektor, der extra trotz seines Freisemesters gekommen ist. Paul stellt sich vor.

Wir sehen uns gleich noch, sagt er zu Olivia, diesmal spricht er zu gleichgültig, zu unverbindlich, aber auch sie ist dabei, sich zurückzuziehen.

Paul unterhält sich mit Sander, mit der Bibliothekarin, mit Frau Pfeifer und ihrem Mann, mit anderen Gästen, trinkt ein zweites Bier, dann ruft er noch mal zu Hause an, es gibt nichts Neues. Als er wiederkommt, ist Olivia nicht mehr da. Paul sucht sie draußen, sie kommt auch nicht von den Toiletten zurück, plötzlich hört er Klaviermusik und sieht Olivia am Flügel, mit einem jüngeren Studenten (vielleicht von der benachbarten Musikhochschule).

Der Flügel steht in dem großen Veranstaltungssaal, und Paul setzt sich in den Zuschauerraum in eine Reihe in der Mitte. Es sind nur wenige Leute da, andere lehnen in den Türen und hören zu. Der Abend hat sich verändert. Paul hat es bisher mit seinen zwei Flaschen Bier nicht gemerkt. An manchen Ecken sitzen Pärchen und knutschen. Frau Szcymanski küßt Herrn Götz. Es sind Studenten da von den benachbarten Hochschulen für Grafik und Musik. Viele sind betrunken. Das Buffet ist leer, und Paul hat nichts gegessen.

Olivia singt Lieder aus »My Fair Lady« und irgendwelche Schlager, ihre Stimme ist nicht kräftig, und sie drückt zu sehr, der Pianist scheint nur wenige Lieder zu kennen, er hat Mühe, ihre Wünsche zu erfüllen, und hinkt im Tempo hinterher. Paul könnte zufrieden zuhören und Olivia nachher umarmen. Aber er spürt, daß etwas nicht stimmt, daß diese Möglichkeit nicht besteht. Hat sie etwas mit diesem Pianisten, einem kleinen, schmächtigen Typ, der wie fünfzehn aussieht?

Sie hat sich schon wieder verändert. Sie spielt ihren Auftritt, sie will sich bewundern lassen, sie ist das hübsche zarte Mädchen, das singen kann und im Mittelpunkt steht, ihr Gesicht ist seltsam fest geworden, sie hält eine lächelnde Grimasse, und Paul sieht ihre Zähne, die aussehen wie die eines kleinen Raubtiers, spitz, scharf und gierig. Er weiß, daß er das nicht lange aushalten kann, aber er sieht Olivia an, während sie es vermeidet, zu ihm herzusehen, für ihn zu singen. Sander sitzt neben Frau Pfeifer.

Daran könnte man noch etwas arbeiten, sagt er zwischen zwei Liedern und steht auf.

Frau Pfeifer und ihr Mann gehen ebenfalls. Paul sitzt allein da. Neben Olivia steht die Studentin, mit der sie zuerst gesprochen hatte, als Paul hereinkam, Frau Richard. Olivia singt nur für sie, lächelt sie an, sieht ihr in die Augen, verführt sie (tut so, als wolle sie sie verführen), hält ihre Hand, umarmt sie, führt mit ihr Tanzschritte vor, das alles, während sie singt.

Paul glaubt jetzt zu verstehen, warum sie rot geworden ist. Sind die beiden ein Paar? Ganz sicher ist nur, daß er und Olivia es niemals sein werden, er hätte da vorn stehen wollen, statt dessen beachtet sie ihn nicht einmal, er weiß nicht, ob ihr klar ist, daß er im Raum sitzt. Oder macht sie das alles, weil er hier ist, will sie ihm etwas demonstrieren, soll er einsehen, daß er besser aufgibt, oder soll er gerade noch mehr unternehmen? Oder ist das die Rache dafür, daß er soviel von Bérénice gesprochen hat?

Er will nicht sehen, wie es da vorn weitergeht, er holt sich zwei neue Flaschen Bier und geht nach oben, ein Student spricht ihn an, ob er nicht noch bleiben wolle, er murmelt etwas von Toilette und geht weiter. Im Treppenhaus und vor seinem Zimmer stehen knutschende Paare. Paul schließt sich ein, er legt sich in seinen Schlafsack und fühlt sich so elend wie seit vielen Jahren nicht. Das wird er Olivia nicht vergessen. Damit ist alles zerstört. Er hört die Musik von unten, er hört die Tür zum Treppenhaus aufgehen und zuschlagen, und natürlich schläft er nicht.

Er muß sie einfach vergessen, das ist alles. Er muß seine Seminare ordentlich zu Ende bringen. Er trinkt, bis er sich betrunken fühlt. Die Musik wird lauter. Paul zieht sich den Schlafsack über die Ohren, er muß in ein großes Bierglas urinieren, weil er nicht mehr aus dem Zimmer gehen kann, schließlich ist es sechs, und er steht auf. Er kann sich nicht erinnern, jemals so unglücklich gewesen zu sein. Er hat einen ekelhaften Geschmack im Mund. In den Weihnachtsferien muß er ausschlafen, aufhören zu trinken und sich heilen. Um acht ruft er Gabriele an, Bérénice geht es viel besser, sie ißt wieder Zwieback und

Bananen, trinkt ihren Tee, sie lacht und ist fast wie vorher. Paul weint beinahe.

Frau Pfeifer fragt ihn später, ob er auch die Paare am Flügel beobachtet habe, sie sei ja ganz überrascht, wer da alles zueinander gefunden habe. Die ersten kommen und beginnen, aufzuräumen. Im Seminar ist es leer, es sind vielleicht zehn Teilnehmer da, Olivia ist nicht dabei. Sie kommt auch nicht zu spät. Paul kann sich nicht auf das Referat konzentrieren, das heute an der Reihe ist, er reagiert zu spät, er macht Fehler. Frau Schilling korrigiert ihn.

Als er zum zweiten Seminar gehen will, steht im Treppenhaus Olivia vor ihm. Sie lächelt und sagt Guten Morgen. Paul gelingt es nicht, zu antworten, sein Gesicht verzieht sich zu einer ironischen Maske, er hält ihr die Tür auf, das ist alles. Sie entschuldigt sich. Im Seminar sagt sie fast nichts. Sie trägt einen Pullover mit hohem schwarzem Rollkragen (Paul denkt, daß sie die Spuren der Nacht verstecken will, vielleicht einen Knutschfleck). Paul sieht das triumphierende Grinsen von Frau Richard, mit dem sie ihn beobachtet. Er macht früher Schluß, er fragt Olivia, ob sie sich noch unterhalten sollen.

Sie sind beide enttäuscht, das spürt Paul. Aber er will sich nicht fragen, was er falsch gemacht hat. Olivia sitzt auf der Stuhlkante, sie ist unruhig, sie will weg.

Ich habe überhaupt nicht geschlafen, sagt Paul.

Ich wäre besser heute morgen nicht mehr ins Bett gegangen, sagt sie. Jetzt ist alles noch schlimmer.

Wollen Sie, daß ich Sie vorschlage?

Doch, das würde ich gerne.

Dann muß ich aber mehr über Sie wissen. Über Ihre Eltern, Ihre Schulzeit, Ihr Studium, Ihre Interessen. Oder wollen Sie darüber nichts sagen? Ist Ihnen das unangenehm? Ist es das, was Sie stört?

Olivia schüttelt den Kopf.

Sie müssen mir das alles aufschreiben, als Material für mein Gutachten. Das will ich in den Ferien schreiben. Sie müssen mir das bis Ende des Jahres schicken. Oder wir unterhalten uns ausführlich am Telefon.

Sie nickt wieder, das ist alles.

Ich vermisse ein Foto, das ich mit nach Leipzig genommen habe, von meiner Tochter, habe ich das aus Versehen in das Buch gelegt, das ich Ihnen geliehen habe?

Olivia schüttelt den Kopf. (Sie hat nicht einmal in das Buch gesehen, wahrscheinlich ist es immer noch in ihrem Rucksack.)

Dann habe ich es wohl verloren, sagt Paul. Ich habe mich schon daran gewöhnt, daß wir immer noch ein bißchen plaudern.

(Paul haßt sich in diesem Moment, sie hassen sich jetzt beide.)

Olivia macht eine fahrige Geste.

Irina wartet draußen.

Das ist Frau Richard, damit ist für Paul alles gesagt.

Das Lied von gestern abend hat mir gefallen, sagt er trotzdem. Aber ich bin davon traurig geworden.

(Warum hört er nicht auf!)

Wieso, habe ich so falsch gesungen?

Nein, ich bin nur ein bißchen sentimental, sagt er. (Es ist alles vorbei.)

Er würde am liebsten schreien, sie anschreien, um Hilfe schreien.

Sie können auch gern nach Amsterdam kommen, und wir unterhalten uns da über das Gutachten. (Das ist sein Hilferuf, ein falscher Hilferuf.) Ich zeige Ihnen die Stadt, und Sie erzählen mir, was ich wissen muß. Oder soll ich Sie anrufen?

(Er ist wie ein Auto mit kaputten Bremsen, das immer weiterfährt, bis das Benzin ausgeht.)

Sie gibt ihm die Nummer ihrer Schwester in Frankfurt, bei der sie während der Ferien wohnt.

Paul hofft, wie ein Wahnsinniger, immer noch auf eine Umarmung, ein Zeichen, zum Abschied. Sie werden sich drei Wochen nicht sehen. Sie drückt ihm mit ausgestrecktem Arm die Hand. Es ist doch besser so, besser, als wenn noch mehr passiert wäre.

Paul trifft Sander in seinem Büro. Sie gehen zusammen in das Café. Paul lobt das Institut, lobt die Studenten, er kämpft verzweifelt und verloren. Der Professor schenkt ihm sein Buch über Georges-Arthur Goldschmidt, das in diesem Jahr erschienen ist. Er macht Paul darauf aufmerksam, daß sein Vertrag verlängert werden könnte, es ist nicht sicher, aber nicht unmöglich. Sie verabschieden sich freundlich. (Paul wundert sich, woher er jetzt seine Freundlichkeit genommen hat.)

Auf dem Weg zum Bahnhof, im Dunkeln, so kurz vor Weihnachten, setzt wie zum Hohn mehrmals eine Amsel zum Singen an. Paul weint. Das kann ihm niemand nehmen. Er kauft wieder zwei Flaschen Wein, der Zug ist überfüllt, er haßt die anderen Leute im Abteil, er will allein sein. Er weiß nicht, wie er die drei Wochen aushalten, wie er sie mit Gabriele und Bérénice verbringen soll.

Aber es geht ihm besser, als er zu Hause ist, wenigstens muß er niemanden auf sich aufmerksam machen, zu sich herziehen, zu sich überreden. Er beginnt, Notizen über die Seminare und über Olivia zu machen, nicht als Tagebuch, er schreibt Sätze über das Paradoxe an ihr. Er trinkt nie mehr als eine Flasche Wein. Bérénice ist wieder richtig gesund, sie können Weihnachten nach Hannover fahren und etwas ausruhen. (Schon wieder Richtung Osten.) Auch Gabriele ist etwas ruhiger, sie muß am zweiundzwanzigsten noch einmal nach Den Haag, zu einer letzten Besprechung, sie hat das Gefühl, daß es nicht gut gelaufen ist, aber sie soll den Vertrag bekommen.

Am dreiundzwanzigsten geht Paul lange allein spazieren. Er kommt an den Schaufenstern vorbei, geht mehrmals hin und her, spricht mit den Frauen, aber er traut sich nicht, zu einer zu gehen, er weiß, daß ihn das für zehn Minuten ablenken, aber für Tage noch trauriger machen würde. Daß er bereit war, beweist für ihn, daß mit Olivia alles aus ist. Trotzdem hält er seine Weinration ein.

II

Am nächsten Tag kommt eine Karte von ihr, es ist Heiligabend, die letzte Post vor Weihnachten. Sie schickt ihm das Foto von Bérénice zurück. Die Karte enthält keine Anrede, keine Erklärung, keine Verabredung, keinen Abschied. Olivia schreibt, sie habe sich wohl verraten, weil sie das Buch noch nicht gelesen habe.

Ich habe mich auch verraten, denkt Paul.

Sie hofft, daß Bérénice wieder gesund ist, sie wünscht Paul und seiner Familie schöne Weihnachten. »Bis zum nächsten Jahr!« endet sie. Nichts Persönliches. Ihre Schrift ist klein und flüchtig, als ob sie untertreiben müßte. Auf der Vorderseite der Karte sind lauter Federhalter abgebildet.

Paul kann es nicht zugeben, aber er fühlt sich wegen der Karte besser. Er ist froh, daß er nicht zu einer Prostituierten gegangen ist. Er fährt mit Gabriele in ein großes Weinlager, sie probieren und kaufen einige Kartons. Gabriele trinkt nie mehr als ein halbes Glas. Trinkt Paul Rotwein nur aus Sehnsucht?

Vielleicht wird mein Vertrag verlängert, sagt er. Ich würde so gerne noch ein Semester da bleiben. Es war schön dort auf dem Fest.

Als sie zusammen schlafen, faßt er sie so kräftig an, als

wolle er ihr das, was er nicht berichten konnte, körperlich mitteilen.

Gabriele taut auf, sie ist kurz davor, sich fallen zu lassen. Sie haben sich schnell versöhnt, Paul braucht nur daran zu denken, wie sie sich kennengelernt haben, und er beginnt, den Streit nicht mehr ernst zu nehmen. Sie wollen eine Woche in Hannover bleiben und auf der Rückfahrt Boris und seine Familie in der Eifel besuchen. Paul ruft Suzanne an, er kann von Hannover aus besser einmal nach Berlin fahren als von Leipzig, und sie verabreden sich für den achtundzwanzigsten.

In der Wohnung ist es feucht geworden, der viele Regen der letzten Zeit, die Kälte oder die falsche Isolierung des neuen Dachs haben dazu geführt, daß sich ein muffiger, fauliger Geruch entwickelt hat. Jedesmal, wenn Paul nachts aus Leipzig gekommen ist, hat er das bemerkt, war aber zu müde, um es bis zum nächsten Morgen zu behalten. In den Ecken hat sich auf der Tapete ein leichter, flaumiger Schimmelbelag gebildet, und Paul erscheint das wie ein mahnendes Zeichen dafür, daß er versäumt hat, sich zu Hause um alles zu kümmern. Er achtet darauf, daß jeden Tag lange genug gelüftet wird, und beginnt, den Schimmel abzuwaschen, später will er die Stellen mit einer besonderen Farbe streichen.

In Leipzig, sagt er oft zu Gabriele und erzählt etwas Schönes, Fremdes, das sie bestimmt verführen muß, sich die Stadt wenigstens anzusehen.

Er bittet sie, im Januar einmal mitzukommen, Bérénice bei ihren Eltern zu lassen, mit ins Institut zu gehen, dort kennt sie ja niemand, und sie könnte wieder einmal in seinem Seminar sitzen. Er würde gerne wissen, was sie von Olivia hält.

Paul streicht das Helle, das fast Leichtsinnige und Verschwenderische von Leipzig heraus, sicher gibt es dort an der Universität auch Stellen, die für Gabriele in Frage kämen, oder in einer der neugegründeten, vom Staat subventionierten Firmen. Sie würden gut dorthin passen, es ist eine Stadt, die Geheimnisse hat, in die man sich einleben kann, die nicht gleich auf den ersten Blick ja oder nein sagt. (So wie Amsterdam gleich nein gesagt hat.) Gabriele möchte nur endlich irgendwo bleiben können.

Er schafft es nicht, er trinkt wieder zwei Flaschen. Es ist seltsam, wie er jetzt an Olivia denkt. Er ist ihr fast dankbar. Er spürt, daß er mehr Energie hat als vor drei Monaten, daß er mehr erlebt, sich verändert, daß der Schmerz ihn antreibt, neue Möglichkeiten zu suchen, wie er glücklich sein kann. Er denkt an sie wie an etwas Helles, an ein Geschenk, und er denkt immer wieder, daß alles noch vor ihnen liegt. Natürlich hat sie nichts mit einer Frau, irgend etwas, das sie gehindert hat, mit ihm Kontakt aufzunehmen, wird es im nächsten Jahr nicht mehr geben, deswegen hat sie so verheißungsvoll »Bis zum nächsten Jahr!« geschrieben.

Er liest die Karte oft (jedesmal hört er ihre sanfte Stimme dabei), entdeckt neue Nuancen. Er mag es, daß sie so unkonventionell ist, auf alle Formen und die meisten Floskeln verzichtet. Er wählt die Nummer, die sie ihm gegeben hat, er hätte den Anlaß, das Gutachten, und er könnte sagen, daß er einige Tage nicht zu erreichen ist, legt aber wieder auf.

Sie müssen packen, und er spürt, daß es besser ist, wenn Olivia von sich aus etwas unternimmt, ihren Lebenslauf schickt, ihn anruft. Am ersten Weihnachtstag fahren sie nach Hannover, und Paul ist erleichtert, daß sich Gabrieles Eltern um alles kümmern. Bérénice ist nicht nur wieder gesund, sondern hat einen Sprung in ihrer Entwicklung gemacht hat, sie kann gut alleine spielen, er ist stolz auf sie, und er liebt Gabriele, wie sie lässig und ironisch mit ihren Eltern spricht, sich bedienen läßt und wieder ein wenig arroganter wird, wie früher. Sie trinken Pouilly Fumé mit ihrem Vater.

Gabriele ist fruchtbar, sie wären bereit für ein zweites Kind, Paul nimmt ein Kondom, aber er würde es auch gern ohne tun, er stellt sich vor, daß sie in Leipzig, in ihrer großen neuen Wohnung, nicht mehr verhüten werden. Im Januar soll endlich das Hotel verkauft werden, und sie brauchten keine Angst zu haben, aber Gabriele kann schlecht schwanger die Stelle antreten.

Paul fährt ohne rechte Lust nach Berlin. Die Stadt erscheint ihm düster und verloren, mit Leipzig verglichen in einem absteigenden Zyklus. Die Leute in der U-Bahn sehen hoffnungslos und verzweifelt aus, als sei jede Baustelle ein Grab. Bei Suzanne hat sich nichts geändert, in ihrer Wohnung ist noch immer die alte Kreuzberger Atmosphäre, nur Suzanne ist unruhiger geworden, so als müsse sie sich jetzt endlich anpassen, aufwachen, an dem Umbau zur Hauptstadt teilnehmen. Sie spricht auch davon, sich eine neue Wohnung zu suchen, in Schöneberg, mit Bad und Heizung.

Sie trägt immer noch ihre selbstgeschneiderte Jacke, ihre alten, wuchtigen Stiefel, die Haare hat sie sich geschnitten, auf Kinnlänge, und jetzt fällt es Paul zum ersten Mal auf: Olivia hat ihn immer an Suzanne erinnert, die beiden haben viel Ähnlichkeit, nicht nur die Haarfarbe, die Figur, die Nachlässigkeit der Kleidung. Diesen dumpfen, selbstgemachten Protest gegen alles, was zufällig in ihren Blickwinkel gerät, kennt er von Suzanne. Bei beiden sind die Attacken immer gut gemeint und sollen jemanden retten (sie selbst?), aber sie verletzen andere, ohne daß es ihnen klar wird. Das Schroffe soll so etwas wie Unkonventionalität, Direktheit sein. Sie sitzen in der dreckigen Küche und trinken Bier, das nach Terpentin schmeckt. Aus der Spüle riecht es nach Essensresten.

Paul erzählt von seinen Seminaren, Suzanne macht ein spöttisches Gesicht, als berichte Paul von dem Besuch in einem Spielkasino und Suzanne wisse schon, daß er nur verloren habe. Sie merkt sehr bald, was passiert ist, und läßt ihn von Olivia erzählen, sie beschreiben, ihre Sätze wiederholen, ihr Hauchen, ihr Verschwinden.

Du willst doch wohl nicht was mit ihr anfangen, sagt sie. Das wäre doch das Allerletzte.

Es ist zu spät, Suzanne, sagt Paul. Ich habe schon längst die Distanz verloren.

Er hat das Gefühl, als könne er das, was in den letzten Wochen passiert ist, mit Suzanne lösen. Sie hat begriffen, wie ernst es ihm ist.

Du hast schon viel zu viel gemacht, sagt sie. Du darfst dich nicht provozieren lassen. Du sagst, wie wichtig dir Gabriele und Bérénice sind. Vielleicht wollte sie dir mit dem Singen etwas demonstrieren, das könnte gut sein. Du darfst sie nicht in die Enge treiben.

Paul stellt sich vor, wie es wäre, wenn Olivia bei diesem Gespräch dabei wäre, was sie jetzt sagen, ob sie sich mit Suzanne verstehen würde. Er stellt sich vor, wie es wäre, mit Olivia zu schlafen, in dieser Wohnung, und er verliert den Faden.

Sie ist am Zug. Du willst sie für das Stipendium vorschlagen, du hast ihr alles Mögliche angeboten, du mußt sie jetzt kommen lassen. Vielleicht will sie die Möglichkeit haben, frei zu entscheiden. Sie hat bestimmt gemerkt, daß du nicht mehr distanziert bist.

Das muß sie gemerkt haben, sagt Paul.

Dann laß sie reagieren oder nicht reagieren, aber du darfst jetzt nicht anrufen oder schreiben, das wäre unmöglich. Du mußt auch versuchen, ihre Sprache zu verstehen.

Warum will Suzanne ihm helfen? Ist sie nicht eifersüchtig?

Ich würde ihr gern das schicken, was ich über sie geschrieben habe, es ist eine Art Gedicht, sagt Paul trotzig (er weiß schon, was Suzanne ihm raten wird).

Aber sie sagt diesmal nichts, sie lacht nur, und Paul versteht, daß sie von ihrer Ähnlichkeit mit Olivia ahnt, von der Ähnlichkeit ihrer Temperatur, von dem Licht, das sie beide ausstrahlen.

Suzanne hat viele neue Bilder gemalt, und Paul verspricht, sie sich genau anzusehen (er ist lieber vorsichtig).

Er lädt Suzanne zum Essen ein, sie gehen in mehrere Kneipen, und hier wird Paul zum ersten Mal klar, wie tief er sich verliebt hat. In einem Blitz, der von Suzanne ausgeht, ihn anleuchtet und im Spiegel hinter der Theke reflektiert wird, ist sein Zustand zu sehen. Er trinkt und spricht die ganze Zeit von Olivia. Suzanne nimmt seine Beschreibungen auf, sie wird nicht müde, die Episoden aus den Seminaren anzuhören.

Paul fährt zurück mit dem Gefühl, daß alles ernster geworden ist und er sich beherrschen muß.

Die Ordnung in Hannover verwirrt ihn jedesmal. Bei soviel Ordentlichkeit und Sicherheit bleibt niemandem etwas anderes als Selbstzweifel übrig. Auch in dem Wohnviertel, in dem Gabrieles Eltern leben, fühlt Paul nur die Regelmäßigkeit eines Lebens voller Rituale. Das Anbringen von immer neuem Zubehör an den Häusern und Garagen, als müßte jeden Monat ein solches Opfer dargebracht werden. Paul geht abends spazieren, und ein Bewegungsmelder nach dem anderen schaltet das Licht auf den Grundstücken ein. Wenn sie alle fünf zusammen sind, lachen, reden, einander widersprechen, durcheinanderlaufen, machen sie das Haus, die Gegend lebendig, aber diese Anstrengung, gegen eine dämpfende Umgebung anzukämpfen, könnte Paul nicht täglich vollbringen. Hannover ist wie eine kleine, verbesserte Kopie von Berlin, bei der jemand vor allem korrekt sein wollte.

Aber Paul spricht nicht mit Gabriele über ihre Stadt, sie weiß, daß er nicht hier leben will, und sie würde ihn nicht unter Druck setzen. Sie schlafen zur Probe in dem Souterrain-Apartment, das Gabrieles Eltern ausgebaut haben, das sie nie beziehen werden, sie sind sehr nah zusammen. Immer, wenn sie Zeit haben, lange miteinander darüber zu sprechen, was in den letzten Wochen passiert ist, verlieren sich die Spannungen, verliert sich die Kühle. Paul spürt Gabrieles Sehnsucht nach einem sicheren Ort.

Im nächsten Jahr finden wir etwas, wo wir bleiben können, sagt er.

Sie haben nicht über alles gesprochen.

Seit Weihnachten vorbei ist (seit die Karte gekommen ist), seit er bei Suzanne war, ist Paul nicht mehr pessimistisch. Er sieht ein neues Licht, das ihm ein ehrliches Gespräch mit Olivia möglich scheinen läßt. Das ist das, was er sich für das neue Jahr wünscht, ein offenes Gespräch. Es ist, als müsse er Olivia, gerade ihr, nur ihr, unendlich viel erzählen über sich, über seine Vergangenheit, seine Wünsche und Gedanken, als sei nur sie in der Lage, das aufzunehmen, zu verstehen, zu besprechen, was Paul seit Jahren mit sich herumträgt. Ja, er wünscht sich, einige Tage mit ihr zusammen zu sein, bis er ihr alles erzählt hat (der Besuch bei Suzanne war ein Vorgeschmack darauf).

Silvester kommen sie bei Boris und Kerstin an, die ein kleines, ganz neues, freistehendes Haus haben, mit viel

Garten, aber an einem Hang gebaut. Paul macht mit Boris einen langen Spaziergang durch den Wald, es ist eine gute Gelegenheit, allein mit ihm zu sprechen, so wie früher, aber zuerst müssen sie sich über ihre Institute, ihre Universitäten, die Städte unterhalten, und Boris ist von Halle enttäuscht, Paul kennt die Stadt nur vom Durchfahren, und es läßt sich mit Leipzig nicht vergleichen, zumal mit der alten Villa in dem Viertel, in dem er arbeitet. Boris spricht schon von Berufungen, er will wieder in den Westen, vor allem will er näher an zu Hause sein.

Dein neues Buch hat mir gut gefallen, sagt Paul zaghaft.

Es ist naßkalt, und er friert, als er von seiner Geschichte zu erzählen beginnt.

Ich habe da eine Studentin, beginnt er ein langes Lob von Olivias Begabungen und Gedanken, ihrer Einfühlsamkeit (von ihrer Schroffheit schweigt er).

Boris lächelt, als habe er das alles schon einmal erlebt.

Paul erzählt von der Karte.

Sie spielt, sagt Boris. Das ist ein Trick, um anziehend zu sein und interessant, um nicht zu leichtgewichtig zu erscheinen, um sich wertvoll zu machen. Sie nutzt deine Sympathie aus für ihre Zwecke. Du kannst so was nicht ernst nehmen.

Es ist zu spät, sagt Paul wieder. Sie hat geschrieben: »Ich wünsche Ihnen und Ihrer Familie ein schönes Weihnachtsfest«. Auf die Familie hätte sie verzichten können.

Das ist genau das, was ich meine, sagt Boris. Das ist ein Versuch, dich zu provozieren. Siezt Ihr Euch denn noch?

Paul wundert sich, daß er ja sagt.

Auf den Höhen liegt überall Schnee, Paul denkt, daß es hier rückständig sein muß. Es ist kurz vor halb vier, und es beginnt bereits zu dämmern. Heute, am Freitag nachmittag um diese Zeit, wäre er jetzt noch im Seminar. Er fühlt sich Boris weit voraus, durch Amsterdam, durch Leipzig, durch Olivia.

Gut, daß du noch nichts mit ihr angefangen hast, sagt Boris. Das ist schlecht für dich. Am besten du vergißt das.

Aber sie ist sehr gut, sagt Paul. Außerdem will ich sie für ein Stipendium vorschlagen. Vielleicht kommt sie in den Ferien nach Amsterdam.

Paul versucht, dem Ganzen mehr Gewicht zu geben, er kann es nicht ertragen, daß Boris analysiert, wie entfernt sie voneinander sind.

Die beiden Jungen spielen mit Bérénice, und die Frauen haben über sie geredet, das spürt Paul sofort. Er hilft Kerstin in der Küche, sie bereiten ein Käsefondue vor, bei dem sie sitzen wollen, wenn die Kinder im Bett sind. Es gibt Weißwein.

Bérénice fällt es schwer, wieder in einem fremden Zimmer zu schlafen, sie weint ein paar Mal, Paul und Gabriele trösten sie abwechselnd, morgen wird sie wieder zu Hause sein. (Aber für wie lange ist das noch ihr Zuhause?)

Boris singt ein neues spanisches Lied vor, das er gelernt hat, und es gibt kein Entkommen, sie müssen alle zuhören und zustimmen, aber Paul ist ein bißchen gereizt. Boris und Kerstin erzählen aus dem Dorf, von den Frauen aus der Nachbarschaft, den kleinen Streitereien, den Feindseligkeiten, denen sie ausgesetzt sind, da sie andere Interessen haben als Grillen oder Wandern. Paul ist müde, und er ist unruhig wegen Bérénice. Boris besteht darauf, die CD eines kolumbianischen Sängers vorzuspielen, Paul kann diese aufdringliche Musik nicht ausstehen.

Gabriele versucht, die Stimmung zu retten, sie zieht sich mit Boris in sein Arbeitszimmer zurück, während Paul und Kerstin aufräumen und den Sekt bereitstellen. Paul wird nervös, weil die beiden so lange oben bleiben, er ist unzufrieden, wenn Gabriele mit Boris redet, er kann sich nicht vorstellen, worüber sie sprechen. Er kann es nicht erklären, aber es macht ihn eifersüchtig und wütend. Der Wein beruhigt ihn nicht wie sonst, er regt ihn immer mehr auf.

Die beiden kommen erst kurz vor zwölf herunter, als das Knallen beginnt, und sofort sind Boris und Kerstin wieder das alte Paar. Sie beobachten und kommentieren, was die Nachbarn, die sie auf allen Seiten beobachten, trinken, tragen, verschießen, wer zu Besuch ist, wer zugenommen hat, sie sind ganz in diesen dörflichen Klatschereien befangen. Alle vier stoßen miteinander an, aber Paul möchte gleich nach oben gehen, zu Bérénice, sie wollen morgen wieder nach Amsterdam, und er will schlafen. Gabriele besteht darauf, unten zu bleiben, sie möchte später nachkommen.

Paul liegt in dem dunklen Zimmer neben dem Reisebett, in dem Bérénice sich hin- und herwirft. Er denkt die ganz Zeit an Olivia und ärgert sich. Morgen wird er sie anrufen. Er kann sich für die Karte bedanken. Es wird darauf ankommen, wie ihre Stimme klingt. Er kann sie nach Amsterdam einladen.

Als Gabriele kommt, ist er schon eingeschlafen, aber Bérénice wird wach, und eine Zeitlang wälzen sie sich alle herum. Um sechs will Bérénice aufstehen. Der erste Gedanke, den Paul hat, ist, daß er heute Olivia anrufen wird. Sie machen sich selbst Frühstück, und um acht kommen Kerstin und die beiden Jungen. Boris schläft bis zehn, kommt im Bademantel an den Tisch, möchte gern noch zwei Stunden sitzen und mit ihnen frühstücken, aber Paul drängt zum Aufbruch. Boris gibt Gabriele ein paar Kopien, sie alle umarmen sich zum Schluß. Kerstin hilft ihnen beim Einladen, und Paul ist froh, als sie auf dem Kölner Autobahnring sind, hier liegt kein Schnee, hier herrscht das bekannte nasse Wetter.

Auf der Fahrt erzählt ihm Gabriele von Boris' Idee. Es gibt ein Programm mit Habilitationsstipendien für Frauen, besonders an Universitäten in den neuen Ländern mit naturwissenschaftlichen Schwerpunkten, und in Halle wäre etwas Passendes für Gabriele. Sie müßte nur so schnell wie möglich ihr Projekt weiterentwickeln und ein Exposé einreichen. Sie ist unterhalb der Altersgrenze, sie hat entsprechende Noten, und es kommt nur darauf an, die richtigen Gutachter zu finden. Das Stipendium könnte maximal fünf Jahre laufen, und Gabriele hat in Amsterdam nichts davon gehört.

Sie ist begeistert, und Paul wünscht sich sofort etwas Neues für dieses Jahr, das heute begonnen hat: daß Gabriele sich in Halle habilitieren kann und daß sie die Stelle in Den Haag nicht bekommt (das traut er sich fast nicht zu wünschen). Er spürt bei Gabriele wieder die alte Energie, einen hochfliegenden Ehrgeiz. Das würde so gut passen. Sie könnten in Leipzig wohnen.

Er wird Gabriele helfen, sie muß Zeit und Ruhe haben, er ist sicher, daß sie diesmal ihr Projekt besser formulieren wird, das von den begeisterten Gutachtern nur noch ergänzt werden muß.

Er liebt beide, ganz einfach, so wird es bleiben.

Als sie in Amsterdam angekommen sind, haßt er die kleine Wohnung. Nirgends kann er in Ruhe (ohne daß Gabriele es hört) telefonieren, nirgends kann sie ungestört arbeiten. Er versucht, in Frankfurt anzurufen, als Gabriele mit Bérénice im Badezimmer ist. Er hat Herzklopfen, sein Mund ist trocken, er wird nicht mit seiner normalen Stimme sprechen können. Es meldet sich nur der Anrufbeantworter von Olivias Schwester, die offenbar ein Baby hat. Paul versucht es zweimal, dann sagt eine Stimme »Ja«, nicht Olivias Stimme und auch nicht die ihrer Schwester, wahrscheinlich ist es ihre Mutter, und Paul legt auf. Er ärgert sich über diese halbherzigen, sinnlosen Versuche, er hätte nicht einmal gewußt, was er sagen sollte, wenn Olivia dran gewesen wäre.

Gabriele geht jeden Tag zwei oder drei Stunden in die Bibliothek, sie hat noch keine Idee, und Paul wäre es am liebsten, der Antrag wäre schon geschrieben. Er ist viel mit Bérénice allein, und er ist gern mit ihr zusammen, er erfindet kleine Spiele, die sie nicht müde wird, zu spielen, er hält sich die Ohren zu und tut so, als würde er ganz laut schreien, bleibt aber stumm. Am Donnerstag muß er wieder nach Leipzig. Er trinkt erst, wenn Bérénice im Bett ist, ein Versuch, es hinauszuzögern, zu reduzieren.

12

Am Dienstag abend will er gerade mit Bérénice Zähne putzen, als Gabriele ihm das Telefon bringt. Dann nimmt sie ihm Bérénice ab.

Eine Frau Schneider, sagt Gabriele.

Paul gerät außer Atem, als sei er die ganzen Treppen nach oben gelaufen.

Sie wünscht ihm ein gutes neues Jahr.

Danke für Ihre Karte, sagt Paul. So war das nicht gemeint, ich wollte nicht testen, ob Sie das Buch lesen.

Das war auch nur ein Witz, sagt Olivia.

Sie klingt gut gelaunt, sanft, Paul empfindet ihre Stimme beinahe als zärtlich.

Ich möchte sehr gern dieses Stipendium haben, sagt sie. Ich bin dabei, Ihnen alles aufzuschreiben, aber ich weiß nicht, ob ich es bis Freitag schaffe!

Ich hatte gesagt, bis zum Ende des Jahres, denkt Paul. Heute ist der fünfte. Warum setzt er sich diesem Hin und Her aus? Warum läßt er sich das alles gefallen?

Es kann sein, daß ich am Freitag morgen noch arbeiten muß, ich weiß nicht, ob ich dann in Leipzig sein kann, aber in der Woche danach bin ich ganz sicher wieder da.

Du mußt kommen, denkt Paul, ich möchte dich wiedersehen.

Versuchen Sie es, sagt Paul. Es wird Zeit, ich bin ja nicht mehr lange da.

Und wie geht es Ihrer Tochter?

Besser, sagt Paul. Ist alles schon wieder in Ordnung. Und wenn Sie Lust haben, vielleicht könnten wir einen Abend in Leipzig zusammen ein Bier trinken gehen?

Ja, gern.

Ich muß es dann bloß vorher wissen, ich muß mir eine Übernachtung organisieren, vielleicht wäre ein Donnerstag abend am besten.

Ja, mir ist jeder Donnerstag recht, ich habe keine festen Termine.

Wie wäre es dann in drei Wochen, am achtundzwanzigsten?

Wieder stimmt sie zu. Paul hat im letzten Moment ein Datum vorgeschlagen, das noch weit weg liegt. Er spürt Angst vor einem neuen Versuch.

Dann bis Freitag, hoffentlich, sagt sie.

Hoffentlich, sagt Paul.

Er ist überrumpelt, Olivias Stimme singt in ihm weiter, er wiederholt sich ihre Sätze, sie hat eilig gesprochen, leise und hauchend, aber wie jemand, der schnell denkt und nicht auf langsame Reaktionen eingestellt ist. Paul öffnet eine besondere Flasche.

Wer war das denn? fragt Gabriele später. Die klang so fordernd und verlangend, als wäre ich eine Sekretärin.

Paul freut sich über das Fordern und Verlangen. Er kann es kaum erwarten, Olivia wiederzusehen. Er sieht kein Hindernis mehr. Das neue Jahr bringt ihm Glück. Am vierzehnten hat er in Köln ein Gespräch mit einer Referentin aus dem Kultusministerium.

Er fährt voller Ungeduld nach Leipzig, er hat sich vorgenommen, ein paar Tage keinen Alkohol zu trinken, und nur alkoholfreies Bier dabei. Er schläft kaum, gegenüber an der Hochschule für Grafik wird die ganze Nacht gebaut, immer wieder ist ein Preßluftgerät zu hören. Das Schlafen ohne Alkohol ist unmöglich, Paul hat unregelmäßiges Herzklopfen, sein Kreislauf ist labil, er hat schlechte Laune.

Olivia ist nicht im Seminar. Sonst sind fast alle da, es ist wieder voll. Ein Student hat seinen Rottweiler dabei. Heute hält Frau Riedel ihr Referat über Roland Barthes. Es ist hervorragend, Paul ist so berührt von ihrer Intelligenz, von ihrer Brillanz, er hört etwas Neues über ein Buch, das er schon lange kennt und oft gelesen hat, sie steckt ihn wieder an mit ihrer Begeisterung, und sie versteht es auch, die anderen zu faszinieren. Es ist das beste Referat, die beste Sitzung bisher. Paul vergißt sogar für einen Moment Olivia, als er die Diskussion lenkt.

In der Pause, als er gerade zum zweiten Seminar gehen will, sieht er Olivia am Kopierer stehen. Sie ist schön. Sie hat zugenommen, sie sieht gesünder aus, ihre Haare sind frisch geschnitten, sie ist nicht mehr so blaß. Sie trägt eine kurze schwarze Webpelzjacke, die ihr sehr gut steht. Darunter hat sie bloß ein dünnes gestreiftes T-Shirt. Er würde sie gern umarmen.

Ich hab's geschafft! ruft sie, als Paul vorbeigeht.

Schade, daß Sie eben nicht da waren, sagt er. Wir hatten heute drei Hunde im Seminar.

(Es stimmt, aber es ist eine blöde Bemerkung, er haßt sich für die Ironie.)

Er sieht, wie sie Irina, ihre Freundin, und Herrn Frank, einen anderen Studenten, umarmt, herzlich und intensiv. Sie wünscht ihnen ein gutes neues Jahr. Paul blutet. Im Seminar setzt sich Olivia neben Irina, ihre Freundin, und sieht Paul böse an. Beide sehen Paul böse an. Sie spielt wieder ihr Spiel. Ein etwas farbloser, älterer Student, der Schauspieler ist und ein Engagement in Dresden hat, Herr Moritz, liest ein fast perfektes, kurzes Gedicht vor, von dem alle begeistert sind. Paul versucht, die versteckten Dimensionen des Gedichts zu beleuchten.

Sie können ruhig mal sagen, daß das ein gutes Gedicht ist! sagt jemand.

Aber da sind sie sich sowieso alle einig. Moritz hat ein paar Mal versucht, Paul anzusprechen, aber Paul ist aus einem Grund, den er nicht kennt, abweisend gewesen, jedenfalls kurz angebunden. Jetzt nimmt er sich vor, mit ihm zu reden.

Im Büro wartet er auf Olivia. Sie kommt herein, genervt, eilig, schnippisch.

Ich gebe Ihnen das dann nächste Woche, sagt sie, aber nicht entschuldigend, sondern anklagend, als sei es Pauls Schuld, daß sie nicht fertig geworden ist.

Ich dachte, Sie haben's geschafft, ich habe Sie so verstanden, daß Sie den Text fertig haben.

Nein, ich hab's nur geschafft, zum Seminar zu kommen.

Nächste Woche ist der allerletzte Termin, den ich noch akzeptieren kann.

Sonst noch was?

Paul ist sprachlos über soviel Unhöflichkeit. Es entsteht eine Pause, in der er spürt, wie groß die Enttäuschung, die Verletzung, die Traurigkeit auf dem Rückweg sein werden.

Ich habe keine Zeit, sagt Olivia und ist weg.

Als Paul ins Café kommt, sieht er sie mit den anderen da sitzen und setzt sich neben Moritz an ihren Tisch. So schön wie heute war sie noch nie. Sie hat das Gesicht eines Models. Paul sieht die weiche Haut an ihrem Hals über dem gestreiften T-Shirt, ihre nackten Arme. Er erzählt von Amsterdam, davon, daß er im Moment keinen Alkohol trinkt, sie hört zu, redet aber nicht mit ihm. Er spricht so, daß sie ihn nicht überhören kann.

Er verabredet mit Moritz, zusammen zum Bahnhof zu gehen, im selben Moment stehen Olivia und ihre Freundin auf. Sie gehen als zwei seltsame Paare, die nicht zueinander passen, mal das eine vorneweg, mal das andere, zum Bahnhof. Sie müssen alle dorthin. Paul denkt daran, wie gern er diesen Weg mit Olivia allein machen würde.

Gute Heimreise, wünscht sie ihm wieder, diesmal beugt sie sich sogar zu ihm herüber.

Sie sagt es, als sei sie froh, daß er bald weg ist, denkt Paul. Er lächelt nicht und nickt nicht zurück, er reagiert überhaupt nicht mehr, er haßt sie in diesem Moment und wird diesen Haß nie mehr vergessen können. Es ist kindisch und überflüssig, mit ihm so wechselhaft umzugehen, damit bewirkt sie bei ihm nur Scham.

Moritz erzählt von einer frühen, kleinen Karriere als Dramatiker, bevor er zur Schauspielschule gegangen ist, er möchte daran anknüpfen. Sie haben gemeinsame Vorlieben, und dieser Mann ist hinter seiner spröden, bedächtigen Art warmherzig und interessiert, er möchte viel über Paul wissen, er freut sich über diesen gemeinsamen Gang, er ist dankbar für die Anregungen, die Paul ihm gibt. (Er hätte es viel eher verdient, von Paul gefördert zu werden.) In der nächsten Woche ist Olivia mit einem Gedicht dran.

Im Zug, auf der »Heimfahrt«, ein eigentlich warmer und liebevoller Ausdruck, den Paul selbst nie gebrauchen würde, ist er so verzweifelt wie nie zuvor, nicht einmal nach der Weihnachtsfeier hat er sich so elend gefühlt. Er trinkt einen teuren Burgunder, von dem ihm übel wird nach dem abstinenten Tag.

Zu Hause weint Bérénice, nachdem Paul endlich eingeschlafen ist, gegen zwei, und er weint auch, weil er wieder nicht schlafen kann. Er steht mit Kopfschmerzen auf und bleibt den ganzen Tag mürrisch und gereizt. Gabriele ist verstört, sie hat gestern abend einen Anruf aus Den Haag bekommen: eine Absage. (Dann ist also Pauls Wunsch in Erfüllung gegangen.) Nachdem sie drei Gespräche dort hatte und man ihr eine Zusage gegeben hat! Es ist unbegreiflich, eine richtige Begründung hat man ihr nicht gesagt, statt dessen wurde ihr eine freie Mitarbeit angeboten. Das ist genau das, was sie von vornherein ausgeschlossen hatte.

Als er beginnt, mit ihr zu reden, wird es noch schlimmer. Sie weint und schreit, aber es hilft ihr nicht. Sie sieht nur noch ihre Niederlagen. Paul fürchtet, daß sie etwas Verzweifeltes tut. Er spürt, wie stark sie sich diese neue Aufgabe wünscht. Am Abend hat sie einen Kreislaufkollaps, er legt ihr die Beine hoch, bringt Bérénice ins Bett, später kann Gabriele wieder aufstehen.

Paul muß die ganze Woche auf sie einreden, bis sie an ihrem Projekt für Halle weiterarbeitet. Das ist das einzig Sinnvolle. Sie muß sich beeilen. Sie spürt, daß er will, daß sie dorthin geht, das macht es besonders schwierig. Sie hat sich immer noch nicht entschieden, den einen Tag mit nach Leipzig zu kommen, sie hat Vorurteile, die nicht zu ihr passen, gegenüber dem Osten, den Schulen dort, den Kindergärten, den Einkaufsmöglichkeiten, der Lebensqualität, Vorurteile, die aus Hannover stammen.

Am Donnerstag geht Paul morgens mit seiner Aktentasche aus dem Haus. (Mehr braucht er nicht, er hat alles zum Übernachten Notwendige in seinem Schrank in Leipzig.) Um drei ist er mit Frau Wagner, der Referentin, in Köln im Café Reichardt verabredet, in der Nähe des Bahnhofs. Er riecht als erstes die weiche, feuchte, unbestimmte, unsaubere Rheinluft. Im Café ist er etwas zu früh, dort hat das Dreigestirn einen Auftritt gehabt, und Paul zieht sich in den Wintergarten zurück. Es ist ein kurzes, formloses Treffen mit Frau Wagner, die Paul auf einer Konferenz kennengelernt hat.

Sie wollen einen neuen Studiengang »Kreatives Schreiben« an einigen Hochschulen des Landes einrichten und suchen jemanden, der die Koordination übernimmt. Für Paul wäre das eine Chance, er würde gut bezahlt (wäre wichtig), aber bis jetzt ist die Stelle noch nicht ausgeschrieben. Frau Wagner möchte hören, wie das Institut in Leipzig organisiert ist, und das Gespräch läuft gut. Sie schwärmt für Frankreich und für Paul, ist aber ein paar Jahre älter. Sie will ihn informieren, sobald die Entscheidung fällt und die Stelle definiert ist. (Er ist weder bei den Grünen noch in der SPD.) Bevor Paul wieder in den Zug steigt, ruft er Gabriele an. Sie hat sich noch nicht gefangen, aber sie arbeitet weiter an ihrem Projekt, und sie verspricht, in der nächsten Woche mit nach Leipzig zu kommen. Im Speisewagen trinkt Paul ein paar Bier.

Kurz nach Mitternacht ist er in Leipzig. Er hat nichts gegessen, im Zug ist er ein paar Mal eingenickt, und er ist zufrieden mit dem Gespräch. Er kann sich nicht vorstellen, als Referent in einem Ministerium zu arbeiten, aber er könnte herumreisen und mit den Leuten sprechen.

Im Institut läuft die Alarmanlage, ein gellendes Schrillen ist im ganzen Haus, aber niemand scheint es zu hören. Paul bringt seine Sachen nach oben, zieht seinen

Mantel aus und versucht, einen Hausmeister anzurufen. Wahrscheinlich ist es wieder ein Fehlalarm. In der Zentrale sitzt eine Frau, die ihm gemütlich erklärt, daß um diese Zeit kein Hausmeister mehr zu erreichen ist, es gibt keinen Notdienst, erst um sechs beginnt die Schicht. So wird Paul kein Auge zutun, er will auch nicht, daß jemand erfährt, daß er hier schläft.

Er geht im ganzen Haus herum, kann aber nichts Verdächtiges entdecken. Ob die Anlage sich irgendwann von selbst abschaltet? Als er an seinem Fach vorbeikommt, findet er die Kopie des Gedichts von Olivia, sonst nichts, nur diese Kopie, er legt sie auf seinen Schreibtisch.

Er geht nach draußen zu den Polizisten, die im Auto vor dem amerikanischen Konsulat sitzen, und erklärt, was passiert ist. Sie holen Verstärkung. Mehrere Polizeiwagen halten vor dem Institut, es sind etwa zehn junge Polizisten darin, alle in Springerstiefeln. Sie umstellen das Institut und durchsuchen es, finden aber nichts. Die Alarmanlage läßt sich nicht abstellen.

Paul erklärt, daß er heute nacht noch Klausuren nachsehen müsse, ob sie nicht etwas gegen den Lärm tun können.

Sie versuchen, einen Hausmeister zu erreichen, mit demselben Ergebnis wie Paul. Selbst den Sicherungskasten öffnen, der abgeschlossen ist, wollen sie nicht. Sie fahren wieder.

Es ist kurz vor eins. Paul überlegt, Gabriele anzurufen, aber dann würde er sie aus dem Schlaf holen. Er hat nur noch zwei Dosen Bier. Er ist plötzlich allein mit Olivias Gedicht, über dem er das Schrillen vergißt, das Gedicht handelt von einer Frau, die von ihrem Geliebten betrogen wird, es ist wild, anklagend, erotisch, explizit, Paul liest es mehrmals und ist glücklich. Er hatte mit so etwas nicht gerechnet. Er hat sich in Olivia nicht getäuscht. Sie ist begabt. Paul ist erregt, er freut sich unbändig auf morgen, auf Olivia, wenn sie das Gedicht vorliest, er könnte jetzt eine Menge dazu sagen, das muß er sich für das Seminar aufheben.

Er legt sich auf die Liege, drückt das Kissen auf ein Ohr, aber das Gellen wird immer lauter. Er schläft keine Sekunde, nur manchmal hat er das Gefühl, zu träumen, und das Pfeifen bedeutet in diesen Träumen etwas, das er sofort wieder vergessen hat. Paul sagt sich immer wieder, daß er Glück hat: Die Referentin hat ihm den Hinweis gegeben, und es gibt die Chance auf eine besser bezahlte Stelle. Olivia hat dieses Gedicht für ihn geschrieben, es muß in den letzten Tagen entstanden sein, denn vor einer Woche war sie ja noch nicht soweit, es vorlesen zu können.

Um sechs stellt der Hausmeister die Anlage ab. Paul ist einen Moment verdutzt, als das Geräusch aufhört, so als sei etwas lange Gewohntes plötzlich verloren. Gegen halb acht geht er zu Frau Pfeifer und erzählt ihr die Geschichte mit der Polizei. Er sagt, er habe einen Termin gehabt, und es lohnte sich nicht mehr, zu übernachten. Aber sie ist blaß und verweint, sie hat andere Sorgen, ihr Mann hat einen Unfall gehabt, sie erzählt Paul die Geschichte, beschreibt seine Verletzungen.

In der Post ist eine Einladung zu einem offiziellen Gespräch bei der Ministerin für Wissenschaft und Hochschulen. Paul ist einer von zehn Gästen, die zu einem Abendessen mit anschließendem Kamingespräch eingeladen worden sind. Er hat Glück. Er weiß nicht, wie sie auf ihn gekommen sind. Der Termin ist am Mittwochabend, am siebenundzwanzigsten, einen Abend vor dem geplanten Treffen mit Olivia, und Paul wird zweimal übernachten müssen. Worum es bei der Ministerin gehen wird? Ob das eine Gelegenheit ist, seine Verlängerung anzusprechen?

Er ruft sofort Gabriele an, um ihr die guten Nachrichten zu erzählen. Sie ist immer noch niedergeschlagen wegen ihrer Absage (eine ähnlich rätselhafte Absage wie die, die Paul in Amsterdam bekommen hat, als sein Vertrag nicht verlängert wurde). Aber sie will nächste Woche mit nach Leipzig kommen, sie werden alle in Hannover übernachten und Bérénice bei Gabrieles Eltern lassen.

Im ersten Seminar gibt es ein langes, etwas verstiegenes Referat von Herrn Frank. (Mit dem Paul vorher besprochen hatte, er solle möglichst für alle verständlich bleiben, so wie es Ritter ihm geraten hat.) Was würde Ritter zu der Einladung bei der Ministerin sagen, oder ist er vielleicht auch dabei? Olivia ist von Anfang an da, sie wirkt nervös, ist wieder ein wenig rot im Gesicht (das einzige Zeichen von Zuneigung, das sie Paul jemals gegeben hat: das Erröten).

Im Lyrikseminar, als sie an der Reihe ist, rauft sie sich die Haare, sie schwitzt, ist außer Atem (wie Paul, wenn sie telefonieren). Aber sie liest ihr Gedicht zweimal vor, mutig, unbeirrt, wie eine Erklärung für ihre Persönlichkeit. Paul spürt, daß das Gedicht die Studenten berührt. Es speichert seine Wärme, gibt sie langsam weiter, kühlt nicht ab, nicht nach mehrmaligem Lesen. Die meisten Beiträge gehen von einer autobiographischen Ebene aus. Paul versucht, die verschiedenen Farben des Gedichts auszuloten, die Rottöne der Rosen, des Bluts, das Weiß der Milch, die Gerüche und den Geschmack.

Er gibt eine kurze psychoanalytische Deutung der Symbole im Text, zum Unbehagen Olivias, aber es gelingt ihm, auf die verschiedenen Schichten und Interpretationssmöglichkeiten des Gedichts aufmerksam zu machen. Die Stimmung ist gut, angeregt, dicht, wieder spielen sich alle die Bälle zu, und jeder denkt über das nach, was der andere sagt. Olivia wirkt geschmeichelt, sie wird endlich emotional, wenn sie einen Satz verteidigt, eine Wortwahl, erklärt, was sie damit ausdrücken will. Sie erscheint Paul noch schöner, jetzt, wo sie aus sich herausgeht, sich erhitzt, gestikuliert, Wärme abgibt. Er hat das Gefühl, daß sie mit dem Verlauf der Diskussion nicht zufrieden ist.

Das Gedicht ist überhaupt nicht autobiographisch, sagt sie.

(Ein Fehler, hätte sie das bloß nicht gesagt.)

Paul muß lächeln. Er nimmt sie in Schutz, es ist ihm egal, wenn die Studenten etwas merken.

Als sie endlich in seinem Büro sitzen, kann er kaum noch sprechen vor Müdigkeit.

Olivia wirkt abgekämpft, so als habe sie eine körperliche Anstrengung hinter sich, aber sie riecht immer noch nach nichts, nicht nach Schweiß, sie riecht auch nie nach Zigarettenrauch, obwohl sie doch raucht und in Kneipen sitzt, in einem Restaurant bedient.

Das Schlimmste ist immer die Müdigkeit.

Er übertreibt ganz leicht, aber Olivia geht nicht darauf ein.

Sie bleibt ernst und gibt ihm ihre »Lebensgeschichte«, auch die hat sie heute fertig, Paul kann sie jetzt nicht lesen, in ihrer Gegenwart, aber er sieht, daß es zwei eng bedruckte Seiten sind, er wird sie auf der Rückfahrt im Zug studieren.

Ich sage Ihnen Bescheid, wenn ich noch Fragen habe, sagt er. Ich werde so schnell wie möglich das Gutachten schreiben. Sie haben ein sehr gutes Gedicht geschrieben, ich werde das erwähnen.

Olivia sieht ihn unverwandt an, nicht mehr mißtrauisch, so, als sei sie endlich in der Lage, ihn zu sehen, ihn anzusehen, seine wahren Motive zu erkennen.

Sie müssen dann mal überlegen, wer noch für ein zweites Gutachten in Frage kommt, irgend jemand, der Sie kennt, zu dem Sie Vertrauen haben, der auch einen gewissen Namen hat, wenn Sie jemand wissen, schreiben Sie mir die Namen auf.

Es ist dieser alles offenlegende, staunende Blick, der Paul von Anfang an angezogen hat.

Tschüs, bis bald, sagt er.

Sie steht auf.

Wollen Sie noch mit ins Café?

Nein, ich muß zum Zug, ich bin zu müde. Ich bin heute nacht hier angekommen, er will wieder anfangen, seine Geschichte zu erzählen, aber er spürt, daß sie darauf nicht neugierig ist.

Warum ist es nötig, daß er ihr seine Geschichte erzählt, alles, was soll dabei herauskommen?

Es bleibt doch dann bei unserem Treffen? fragt sie.

Diesmal ist es so, als ob sie Angst hätte, daß er den Termin nicht einhält.

Ja klar, sagt er. Am achtundzwanzigsten.

13

Paul ist diesmal entschädigt für all die düsteren Momente. Er hat etwas mitgenommen von Olivia, das ihm leuchten kann. Ihr Gedicht und ihre Lebensgeschichte. Er wagt noch nicht, sie anzusehen. Im Bahnhof ißt er wieder seine Pizza, trinkt ein paar Bier, dann setzt er sich in die DB-Lounge und holt den Text heraus. Er ist ganz anders, als Paul erwartet hatte. Nicht arrogant. Eher pessimistisch. Olivia stellt ihre Eltern, ihre Kindheit negativ dar, mit Ausnahme ihrer Schwester. Ihre Eltern haben nach der Wende an der Ostsee ein Hotel gepachtet. Paul muß lachen. Hoteliers, genau wie seine Eltern. Sie kommen aus derselben Branche!

Das beschreibt Olivia als eine glückliche Phase in ihrem Leben. Nach zwei Jahren haben sie Konkurs gemacht und zahlen seitdem die Schulden ab. Ihre Mutter arbeitet im Krankenhaus, ihr Vater als Fahrer für eine Molkerei. (Deswegen kennt sie sich mit den Produktionsabläufen dort so gut aus, die in ihrem Gedicht eine große Rolle spielen.) Keine reichen Eltern. Ihre Schwester studiert und hat ein Baby, nicht einmal die Töchter verdienen also Geld. Vor der Wende hatten sie Kontakt zu evangelischen Kirchengruppen, also ging es ihnen nicht besonders gut. Bei der Leipziger Volkszeitung hat sie einige Jahre gearbeitet. Sie war die ganze Zeit als Germanistikstudentin eingeschrieben, hat aber keine Scheine gemacht und wohl kaum richtig studiert. Das könnte ein Problem sein, für das Gutachten. Paul muß sich etwas überlegen. Er packt die Blätter wieder ein, packt sie am Bahnsteig noch mal aus, im Zug, bis er alles gelesen und verstanden hat.

Olivia beschreibt ihre Neigung zur Musik, sie geht in Opern und Konzerte, sie hat eine Gesangsausbildung begonnen, eine CD aufgenommen, sie singt in einem Chor. Sie hat sich allmählich und allein herangebildet, sie ist nicht in einem kulturell anregenden Milieu aufgewachsen, in manchem ist sie unverdorben, unbelesen. Ihr politisches und soziales Interesse, das sie beschreibt, ist zweitrangig. Aus dem Lebenslauf geht nicht hervor, warum sie Romanistik studiert, wo sie Französisch gelernt hat, warum sie selber Gedichte schreibt. Vielleicht schreibt sie auch noch andere Texte. Eine Pfarrerin und eine Professorin, die Kunsthistorikerin ist, nennt sie als Persönlichkeiten, die sie besonders beeinflußt haben.

Paul sitzt und fährt und träumt, was ihn am meisten beschäftigt, ist die Vorstellung, wie Olivia zwei oder drei Jahre in einem Hotel aufgewachsen ist, in einem ähnlichen wie dem, in dem er seine Kindheit verbracht hat. Schade, daß das vorbei ist. Und er hat die unsinnige Vorstellung, mit ihr zusammen das Hotel seiner Eltern zu übernehmen, mit ihr dort in Frankreich zu leben (und in zwei Jahren Konkurs zu machen). Das Hotel ist immer noch nicht verkauft, aber es gibt inzwischen zwei Interessenten, und Pauls Vater pokert mit einer Leidenschaft, die das letzte ist, was er dem Hotel geben kann.

Bis Köln hat Paul sich ein Gutachten überlegt, aber dann schläft er auf dem letzten Stück. Er sieht von weitem seine Sachen, seinen Rucksack, seinen Mantel, seine Weinflasche, er sieht auch, daß jemand das Abteil betritt, wieder verläßt, aber er ist außerstande, zu reagieren, die Augen richtig zu öffnen, aufzustehen oder etwas zu sagen.

Er schläft zufrieden ein, nachdem er Gabrieles Gesicht berührt hat und sicher sein kann, daß sie spürt, daß er wieder da ist. Am anderen Morgen läuft er unruhig hin und her, immer wieder fällt ihm ein Satz ein, bis er sich endlich an den PC setzt, obwohl Bérénice mit ihrem Sony Kinderkassetten hört und Gabriele telefoniert. In einer halben Stunde hat Paul das Gutachten fertig, es sprudelt nur so aus ihm heraus, zwei Seiten sind zu wenig, um das zu sagen, was er über Olivia zu sagen hat. Es ist Poesie, was er schreibt, das merkt er selbst. Es muß etwas Poetisches sein, eine eigene Sprache haben, er schildert Olivia von so vielen Seiten wie möglich. Er kommt zu dem Schluß, daß sie eine herausragende intellektuelle und künstlerische Begabung hat. (Er schämt sich nicht.) Gabriele liest das Gutachten. Er könnte den ganzen Tag so weiterschreiben. Vielleicht sollte er noch jemanden vorschlagen.

Montag kopiert er die Unterlagen und schickt alles ab, er will sich darum kümmern, daß Olivia noch ein zweites Gutachten von jemandem aus Leipzig bekommt. Mittwoch abend ruft sie an. Er ist diesmal entspannter, er kann ihr erzählen, daß alles fertig und abgeschickt ist, daß er keine Probleme mit ihrem Text hatte. Er will ihr das Gutachten zeigen, am Freitag, in der Sprechstunde. Sie bedankt sich und erinnert ihn an ihr Treffen.

Wann war das noch mal, sagt Paul, so als wäre er zerstreut. Am siebenundzwanzigsten muß ich zur Ministerin, ach ja, am achtundzwanzigsten, das geht. (Jetzt ist er übermütig.)

Sie verabschieden sich, als wären sie in allem einig, verschworen, aufeinander eingeschworen.

Am Donnerstag fahren sie alle zusammen nach Hannover. Sie schlafen in dem Apartment bei Gabrieles Eltern, aber nur für diese zwei Nächte. Freitag morgen brechen Gabriele und er um sechs auf, noch bevor Bérénice wach wird. Paul freut sich jetzt, diesen Tag mit Gabriele zu verbringen, er fühlt sich stärker, er wird Olivia ein bißchen ignorieren. Er zeigt Gabriele den Weg am Gewandhaus vorbei, den er jeden Freitag geht, die Universität, das Institut. Sie hat ihr arrogantes Gesicht, aber er spürt, daß sie seine Sympathie für diese Stadt teilt. Sie spürt die Helligkeit.

Wasser gibt es hier nicht, sagt sie.

Sie lobt die Ausstattung des Instituts, die Räume, die Büros, die Atmosphäre. Sie frühstücken im Café, und natürlich sprechen sie lange mit Frau Pfeifer. Gabriele wird mit in die Seminare kommen, ohne daß das eines

Kommentars bedarf, sie könnte einfach eine Gasthörerin sein.

Gabriele sitzt Paul gegenüber, und es ist wie früher, vor vielen Jahren. Das Seminar läuft ab wie immer, und Paul bemerkt, daß Olivia ihn oft ansieht, fragend, sie spürt, daß er sie nicht beachtet. Das Referat von letzter Woche wird fortgesetzt, Herr Frank redet fast allein, und Paul muß ihn nur ab und zu bremsen. Gabriele stellt ihm einmal eine Frage, aber keiner wundert sich. Paul sieht sie kaum, er ignoriert in Wirklichkeit sie. Im zweiten Seminar gibt es ein ziemlich mißlungenes, moralisch intendiertes Gedicht zu hören, und Paul sieht Gabriele entschuldigend an. Sie beobachtet Olivia aufmerksam, wenn sie etwas sagt.

Gabriele geht ins Café, während Paul die Sprechstunde abhält. Olivia kommt allein, ohne ihre Freundin, sie scheint heute nicht mehr so mißtrauisch. Paul zeigt ihr das Gutachten, und sie sind beide verlegen, Olivia wird rot, als sie es liest. Sie klimpert während des Lesens mit ihren Armreifen unter den Ärmeln, sie schüttelt sie immer wieder zurück, wenn sie hinunterrutschen.

Und, irgend etwas, das nicht stimmt, das Ihnen aufgefallen ist?

Sie schüttelt den Kopf und sieht Paul lange und prüfend, beinahe begehrlich an.

Danke, sagt sie.

Ich konnte nicht alles verwenden aus Ihrer Lebensgeschichte, aber ein paar Anregungen waren darin. Immerhin gibt es ja auch glückliche Momente in der Kindheit, die Sie beschreiben.

Haben Sie das wirklich so verstanden?

Ja, die Zeit an der Ostsee? fragt Paul zögernd.

Es war keine glückliche Kindheit, sagt Olivia.

In diesem Moment denkt Paul, daß man eine Familie wirklich kaum negativer darstellen kann. Es ist Haß darin und Enttäuschung, Skepsis, aber keine Liebe.

Sie sollten einmal etwas darüber schreiben, wenn Sie mehr Distanz haben. Meine Eltern hatten auch ein Hotel, vor ein paar Jahren haben sie eins in Frankreich gekauft und sind kurz davor, Pleite zu machen. Jetzt müssen sie das Hotel verkaufen.

Olivia sieht ihn weiter durchdringend an, als sei sie endlich zu der Auffassung gekommen, es lohne sich, Paul zuzuhören.

Wissen Sie, woran mich Ihr Gedicht erinnert? An Anne Larousse. Sie haben einen ähnlichen Ton.

Ja, Olivias Augen leuchten jetzt, das ist mein Vorbild.

Ich finde sie auch sehr gut, sagt Paul. Ich kenne sie persönlich, eine beeindruckende Frau. Vielleicht könnten wir sie einmal zu einer Lesung hier ans Institut einladen. Aber Sie müssen auch Distanz zu diesem Vorbild haben, Sie dürfen nicht schreiben wie sie.

Auf einmal sieht Paul die Parallele, diesen Schmerz in den beiden Frauen, in den Texten, die Identifikation Olivias mit der Düsternis, vielleicht würde Anne Larousse einen ähnlichen, beinahe wehleidigen Lebenslauf schreiben. Paul ist glücklich über die Nähe, die Olivia heute zuläßt, ohne daß er etwas dafür tun muß, sie ist von selbst entstanden, wie ein Wunder.

Sie verabreden, daß Paul Ritter bittet, von seinem neuen Lehrstuhl aus ein Gutachten über Olivia zu schreiben, das wird am meisten Eindruck machen, und Olivia glaubt, daß er Positives über sie zu sagen hat. (Da ist Paul nicht so sicher.)

Paul spürt, daß er selbst diesmal das Gespräch beenden sollte.

Also dann, sagt er.

Und wie ist das mit unserem Treffen am Donnerstag? Wo sollen wir uns treffen?

Ich bin Mittwoch abend in Dresden beim Kamingespräch, wiederholt Paul, ich übernachte da und komme abends nach Leipzig zurück. Ich kann in eine Kneipe kommen, Sie kennen sich vielleicht besser aus als ich.

Ich hole Sie am Bahnhof ab, sagt Olivia mit einer Zärtlichkeit und Freude, die Paul mitnimmt. Wann kommen Sie denn an?

Ich bin kurz vor acht da, neunzehn Uhr vierundfünfzig oder so. Aber wenn Sie nicht können, müssen Sie mich vorher anrufen!

Nein, ich bin ganz bestimmt da, sagt sie lachend, so lachend, daß Paul wieder sein Lied hört und sich auf eine Nacht einstellt, die sie zusammen verbringen werden.

Olivia steht in der Tür, und er sieht Gabriele durch die Glastür kommen.

Tschüs, flüstert Olivia. Bis Donnerstag.

Da bist du ja, sagt Gabriele.

Paul hat noch den Blick in den Augen, den Olivia ihm gegeben hat. Er betrachtet Gabriele, als versuche er, sie in den Umriß einzupassen, den er gerade gesehen hat.

Was hast du?

Ich glaube, die ist sehr ehrgeizig. Sie weiß schon ihre Mittel einzusetzen. Wie sie dich die ganze Zeit angesehen hat. Wahrscheinlich würde sie das glaubwürdig leugnen, wenn du sie darauf ansprichst.

Paul ist zu glücklich, um das wirklich ernst zu nehmen. Es ist endlich, als habe er wieder alles in der Hand, als habe er die Regie über sein Leben zurückgewonnen. Er zeigt Gabriele den Bahnhof, sie essen zusammen Pizza, trinken das schwarze Bier, und sie sitzen nebeneinander im Zug, als wären sie sich heute viel näher gekommen. Halle sieht wirklich häßlich aus, aber es ist nur ein kurzes Stück von Leipzig zu fahren.

Gabriele will Mitte Februar ihr Exposé einreichen, sie ist schnell fertig geworden, auch sie berechnet ihre Chancen und wägt ihre Mittel ab. Sie will nicht wieder zu früh über die Stelle reden, sie will nicht noch eine Niederlage. Sie sind beide froh, Bérénice wiederzusehen, schlafen noch eine Nacht in Hannover und fahren dann zurück nach Amsterdam.

Hoffentlich nicht mehr oft, denkt Paul. Er würde nicht einmal das Wasser vermissen.

Gabriele arbeitet abends, wenn Bérénice schläft, und morgens geht Paul zu ihr, wenn sie aufwacht und ihre Milch trinken will. Er reserviert ein preiswertes Hotelzimmer in Dresden und ruft Ritter an. Er ist sofort bereit, das Gutachten zu schreiben, er ist immer hilfsbereit, er kann sich gut an Olivia erinnern und hält Paul einen langen Vortrag über sie. Über ihre Schroffheit und ihre auffahrenden empörten Bemerkungen, ihre männliche Kleidung, ihren Flaum auf der Oberlippe, das alles klingt so distanziert und kritisch, daß Paul das Zuhören kaum erträgt. Wenn man Ritter glaubt, handelt es sich eindeutig um eine lesbische Frau.

Das liegt alles am Osten, sagt Ritter. Wenn sie im Westen aufgewachsen wäre, wäre sie schon längst eine young urban professional, sie hätte Karriere bei der FAZ gemacht oder so etwas und würde in schicken Klamotten rumlaufen. Die hat einfach den Anschluß verpaßt.

Wenn du das bitte nicht in dem Gutachten schreiben würdest, sagt Paul.

Er weiß nicht, wie er Ritter dazu bringen kann, aufzuhören, einfach aufzuhören, er bedankt sich mehrmals und sagt dann, daß Bérénice weint. Ritter vergißt nicht, zu erzählen, daß er natürlich auch eine Einladung nach Dresden bekommen habe, aber nicht kommen könne, außerdem sei der Lehrstuhl in Saarbrücken mit soviel Verpflichtungen verbunden.

Paul legt auf. Olivia wird ihr Gutachten bekommen. Dann wird sie irgendwo zu einem weiteren Gespräch eingeladen. Vielleicht kann Paul jemanden finden und vorschlagen. Er muß das mit ihr besprechen. Er hat zwei Abende vor sich, auf die er sich nicht vorbereiten kann. Er weiß weder, was bei dem Kamingespräch auf ihn zukommt, noch, was für eine Art Unterhaltung er mit Olivia führen kann. Zuletzt war sie aufgeschlossen und herzlich, vielleicht wollte sie einfach das Ende des Semesters abwarten oder das Gutachten. Oder wird es gerade wieder umgekehrt sein? Paul steckt vorsichtshalber Kondome ein. Er ist auf einmal ganz sicher, daß er sie brauchen wird.

Am Mittwoch fährt er nach Dresden in eine Villa, die dem Freistaat gehört. Er wird wohlwollend und förmlich empfangen, einige der Gäste sind schon vor ihm gekommen, die Ministerin ist aber pünktlich. Eine Referentin macht sie miteinander bekannt. Es gibt Sekt und anschließend ein mehrgängiges Essen, dazu sehr gute sächsische Weine, die Paul zum ersten Mal probiert. Die meisten anderen sind Professoren, die aus dem Westen kommen (wie die Ministerin auch). Sie gibt sich offen für Vorschläge, sie will den europäischen Sprachen und Literaturen an den Hochschulen mehr Raum geben und möchte Zustandsbeschreibungen und Verbesserungsvorschläge hören. Fast alle reden ihr zum Mund, es ist beschämend, wie angepaßt und feige die meisten Beamten sind.

Paul ergreift heftig das Wort und zählt eine Reihe von Punkten auf, die verbessert werden könnten. Er lobt das Institut, an dem er seit ein paar Monaten ist, er macht sich stark für eine Ausweitung des kreativen Schreibens. All das sprudelt aus ihm heraus, und er ist sich nicht sicher, ob die Ministerin und die anderen ihn verstanden haben. Er spürt seine Aufregung und seine leise, fremdartig klingende Stimme.

Genau das interessiert mich, sagt die Ministerin.

Alle sehen Paul an. Es stellt sich heraus, daß die Ministerin eine Art europäische Medienakademie plant, bei der es auch einen literarischen Studiengang geben soll, aber auf internationalem Niveau. (Paul wäre der ideale Dozent.) Paul erwähnt die Pläne, die es in Nordrhein-Westfalen gibt, nicht konkret, aber so, daß die Ministerin gleich neugierig wird.

Wir würden uns gern noch einmal mit Ihnen unterhalten, sagt die Referentin beim Abschied leise zu ihm.

Draußen stehen die BMWs mit Fahrer, Paul ist der einzige, der zu Fuß geht, und wahrscheinlich der einzige, der in einem so schlechten Hotel schläft. Morgen wird erst der entscheidende Abend sein, denkt er. Er schafft es, nach einem Fläschchen Wein aus der Minibar aufzuhören.

Er frühstückt lange und geht in Dresden spazieren. Die Stadt kommt ihm dunkler, weniger verspielt, enger und ernster vor als Leipzig, hier kann man nicht so leicht übermütig werden. Er telefoniert mit Gabriele und hat schon wieder gute Nachrichten. Zur Zeit haben sie eine Glückssträhne. Wenn Gabriele nur rechtzeitig ihr Projekt einreicht. Wenn sie wieder scheitert, stürzt alles zusammen.

Heute ist ein Tag, an dem nichts Schlimmes passieren kann, es ist zwar kalt und sieht nach Schnee aus, aber es ist nicht mehr so dunkel wie am Anfang des Monats. Als Paul zum Bahnhof geht, spürt er ein klares Licht, das sich immer mehr auszubreiten scheint. Ihm ist warm, er ist in einer trockenen, geschützten Stimmung, er erwartet nichts, sie werden sich sehen und wenigstens offen miteinander sprechen.

14

Im Zug trifft er Herrn Maier, der auch nach Leipzig fährt. Er erzählt ihm von seinen finanziellen Problemen, seine Mutter ist geschieden, seine Schwester geht noch zur Schule, und er muß in den Ferien in einer Fabrik jobben, um studieren zu können. Paul verspricht ihm, sich nach Förderungsmöglichkeiten zu erkundigen. Kurz vor Leipzig wird Paul doch nervös, Maier wird alles verderben, wenn Olivia sie zusammen kommen sieht. Vielleicht ist es ihr peinlich, wenn er ihre Verabredung mitbekommt. Als sie in den Bahnhof einfahren, verabschiedet Paul sich.

Bis morgen, sagt er.

Er steigt nach Maier aus (Paul weiß nicht einmal mehr seinen Vornamen) und geht bewußt langsam, um zu warten, bis er verschwunden ist. Dann sieht er Olivia am Bahnsteig stehen, mit Maier. Sie ist kleiner, als Paul sie in Erinnerung hatte, sie trägt einen neuen schwarzen Wintermantel mit großen Messingknöpfen und sieht verlegen aus, wie Paul befürchtet hat. Sie gibt ihm die Hand, redet aber weiter mit dem anderen. Paul sagt, daß er noch telefonieren muß, er will in die DB-Lounge gehen und dort auf Olivia warten. (Werden sie jemals allein miteinander sprechen?) Er ruft Gabriele an und spürt im Rükken, daß Olivia da ist.

Hallo, sagt er noch mal, als er aufgelegt hat.

Sie lächelt.

Schön, daß Sie gekommen sind.

Schön, daß es klappt, sagt Paul. Wenn Sie nichts dagegen haben, würde ich vorschlagen, daß wir du sagen.

Sie hat nichts dagegen, sie lacht, aber sie reden sich noch mehrmals aus Versehen mit Sie an.

Ich kenne eine Kneipe, die ganz schön ist, da müssen wir ein Stück Straßenbahn fahren.

Paul nickt. Er traut sich nicht, sie anzusehen. Auf dem Vorplatz stürmt und schneit es, so wie Paul es gern hat, aber Olivia scheint davon nichts zu spüren. Sie steigen in die Straßenbahn, und Paul versucht, eine passende Fahrkarte zu kaufen. Da sieht er Maier, Olivia sitzt schon neben ihm. Paul bemüht sich, zu lächeln. Er findet nur einen Platz weiter weg. Als Olivia aufsteht, winkt er Maier übertrieben zu.

Bis gleich dann, sagt er.

Die beiden lachen.

Endlich steigen sie aus und gehen nebeneinander, aber nicht wie ein Paar, sondern wie Kinder, die nicht gelernt haben, daß man auch anders gehen kann.

Wie war denn Ihre Woche? fragt Paul. Deine Woche.

Olivia lacht.

Es ist alles schiefgegangen. Eine Freundin wollte zu Besuch kommen, aber sie ist krank geworden. Mit meiner Hausarbeit habe ich noch nicht angefangen.

Paul spürt die Energie, die Olivia hat, sie ist nicht schwach oder schnell ermüdbar, sie geht schnell und energisch, bewußt, als habe sie vor, ihre Zeit auszunutzen.

Übrigens finde ich, du solltest noch jemand anderes für so ein Stipendium vorschlagen. Zum Beispiel Sheila Szcymanski.

Habe ich auch überlegt, sagt Paul. Aber die war oft nicht da, und sie hat kaum was gesagt. Ich habe von ihr nichts Schriftliches.

Diese hohen Wangenknochen deiner Frau finde ich schön, solche habe ich mir früher immer gewünscht, sagt Olivia ernst.

Warum sagt sie das?

Es ist fast soweit, daß Paul sie umarmt, aber er spürt, daß sie noch Zeit braucht. Er möchte nur nicht, daß das Gespräch nach irgendeiner Seite ausbricht, etwas Störendes bekommt, eine falsche Geschwindigkeit. In der ersten Kneipe ist es zu voll, und sie gehen weiter. In der zweiten finden sie einen kleinen Tisch, und Paul hat Schwierigkeiten, seinen Mantel unterzubringen. Olivia trägt eine dünne Bluse. Es gibt nur Bier aus Flaschen, Paul bestellt sich eine, Olivia nimmt Weißwein. Wieder etwas, das nicht zusammenpaßt.

Paul erzählt von dem Kamingespräch bei der Ministerin. Er stellt sich als einzigen dar, der widersprochen hat (das stimmt), aber es klingt ein wenig zu heldenhaft. Es ist sehr laut, und kaum will er Olivia zuprosten, sieht er zwei Studenten hereinkommen und grüßen. Sie sind offenbar ein Paar, und Paul weiß nicht, was sie jetzt denken.

Hier trifft man ja immer jemand, sagt Paul.

Leipzig ist so klein, sagt Olivia.

Sie war in einem Kirchenkonzert des Gewandhausorchesters. Paul beginnt von Richard Strauss und der »Zueignung« zu erzählen, aber Olivia kennt die Musik nicht. Er beschreibt sie als eine Mischung von Wagner und Schönberg. Er schwärmt von Jessye Norman.

Zwei andere Studenten kommen herein, noch ein Paar, sie sehen sich um, finden aber keinen Platz mehr, grüßen und gehen wieder.

Was ist denn heute los? fragt Paul nervös.

Olivia erzählt von ihren Eltern und dem Hotel, davon, was sie alles falsch gemacht und nicht bedacht haben. Dazu kann Paul eigene Erfahrungen von zu Hause beisteuern. Er überlegt die ganze Zeit, wie er dem Gespräch endlich eine andere Wendung geben kann. Oder soll er noch abwarten? Gabriele hat sie offenbar nicht gestört, oder will sie nur cool erscheinen? Er wird heute bestimmt nicht von zu Hause reden.

Was hast du denn in den Ferien vor? fragt Paul. Wie wäre es –

Er kommt nicht dazu, auszureden.

Ich habe begonnen, etwas über dich zu schreiben, sagt sie.

Paul weiß nichts zu antworten, jetzt ist er verlegen, überrumpelt, er war ahnungslos. Er hat Angst, etwas von ihr über sich zu lesen.

Sollen wir gehen? fragt Olivia.

Sie sagt nicht, zu mir, aber es versteht sich von selbst, so versteht Paul sie jedenfalls und nickt.

Laß uns zu Fuß gehen, sagt er. Ist es weit?

Eine halbe Stunde.

Sie gehen in dem eisigen Wind, aber ganz anders als vorhin, wie ein Paar, sie haben die Arme umeinander gelegt, und es ist nicht so, wie Paul es sich vorgestellt hat. Er braucht gar nichts mehr zu sagen.

Ich glaube, ich habe mich in dich verliebt, sagt Olivia.

Ja, sagt Paul.

Das hätte er eigentlich sagen wollen, sagen müssen, sie hat die Führung übernommen, und Paul hat sich noch nie so glücklich gefühlt.

Es ist bald Vollmond, sagt er statt dessen.

Erst in ein paar Tagen, widerspricht Olivia, und sie lachen.

Weißt du, was das bedeutet? fragt er.

Aber Olivia antwortet nicht, sie geht schnell, schneller als Paul, als würde sie vor etwas weglaufen. Schon kommt es Paul vor, als sei jetzt die Zeit des Sprechens vorbei, als werde nur noch gehandelt, gelaufen, und wieder müsse die Zeit, die Nacht genutzt werden. Es ist halb zehn, als sie in der Tschaikowskistraße ankommen. Olivia schließt auf und führt Paul in die Wohnung, deren Größe er auf den ersten Blick nicht abschätzen kann. Sie liegt im ersten Stock, hat hohe Decken und Fenster, aber das uralte Parkett ist locker und abgetreten. Schon im Treppenhaus standen Fahrräder, hier stehen noch welche, aber es scheint niemand von den vier anderen

Bewohnerinnen da zu sein. Die Wohnung hat Ofenheizung, und in der Küche ist es kalt, Olivia trägt Kohlen in ihr Zimmer, um einzuheizen, dann kocht sie Tee. Es ist nicht mehr die Olivia, die er kennt. Sie wirkt zum ersten Mal fürsorglich auf ihn, als sie ihm Tee eingießt, nicht mehr zerstreut oder kühl, wie noch vorhin in der Straßenbahn.

Dafür ist Paul jetzt zurückhaltend, er denkt daran, daß seine Zahnbürste im Institut liegt, wann er morgen früh dort sein muß, wie er es schaffen wird, seine Seminare zu halten.

Olivias Zimmer ist groß, nicht bequem und nicht behaglich. Es wirkt unaufgeräumt, überall stehen die ungeputzten Schuhe herum, aber das ist nicht das Wesentliche. Paul erkennt sofort, daß hier jemand lebt, der verzweifelt nachdenkt, der keine Lösung gefunden hat, der Hilfe braucht. (Davor hat Paul am meisten Angst.)

Sie küßt ihn, viel sanfter und vorsichtiger, als er sich das jemals vorstellen konnte. Wenn sie seinen Nacken streichelt oder sein Ohr berührt, ist es, als würde er von einem herabfallenden Blatt gestreift. Sie blickt in seine Augen, er sieht nur ihr Gesicht, und er berührt es mit den Fingerspitzen. Als sie sich auszieht, achtet er kaum auf ihren Körper, er nimmt ihn wahr, zart und fast zerbrechlich der Oberkörper, etwas kräftiger die Hüften und die Beine, aber er will nur dieses Gesicht ansehen, wie es sich ihm nähert. Olivia friert, sie deckt sich zu, und Paul bleibt lange angezogen auf der Bettkante sitzen, um ihr Gesicht anzusehen.

Wie ein Vater, der seine Tochter ins Bett gebracht hat, denkt er plötzlich (aber das stimmt gar nicht).

Immer noch riecht er nichts von Olivia, sie legt die Arme hinter den Kopf, er sieht die kleinen dunklen Flekken in ihren Achselhöhlen, aber es ist, als könne ihr Körper gar keine Gerüche hervorbringen.

Ich habe mich auch in dich verliebt, sagt er.

Ich weiß, sagt sie.

In einer Ecke des Zimmers sieht er einen Geigenkasten stehen. Auf dem Schreibtisch liegt das Buch von Camus neben vielen anderen aufgeklappten Büchern. Überall getragene, geruchlose Wäschestücke, Hosen, Pullover, Socken.

Er küßt Olivia, dann legt er sich angezogen zu ihr und läßt sich von ihr ausziehen, sie tut das ernst, bemüht, in der richtigen Reihenfolge, jetzt sieht sie aus, als würde sie ihr Kind ins Bett bringen. Paul liebt Olivias Gesichtsausdruck, er wird diesen Anblick nie vergessen. Er spürt, daß sein Körper überall riecht, wo Olivia ihn auszieht.

Sie legt sich auf ihn, ganz leicht, er spürt, daß sie sich öffnet, feucht wird und endlich, ganz schwach zu duften beginnt, aber nur wie Tau. Vor zwei Stunden standen sie noch unbeholfen am Bahnhof herum, in der Straßenbahn, liefen nebeneinander her. Olivia hat kleine Brüste wie ein Mädchen, das soeben begonnen hat, sich zur Frau zu entwickeln. Paul erwartet irgendein Geständnis, eine Offenbarung, daß Olivia nicht mit ihm schlafen kann, nur Erfahrung mit Frauen hat oder schon lange nicht mehr mit einem Mann, aber sie küßt ihn und greift nach ihm, noch weicher und sanfter.

Sie hat Kondome unter dem Kopfkissen, und Paul erzählt nicht, daß er welche mitgebracht hat. Er fürchtet immer, sie könne, so geschickt, wie sie ihm das Kondom überzieht, das nicht um seinetwillen tun, so als habe sie irgendein anderes Motiv, von dem er nichts ahnt. Während ihr Oberkörper wie der eines Mädchens ist, sind ihre Beine trainiert und muskulös, als gehöre der Unterleib zu einem anderen Menschen, nicht zu diesem Gesicht. Paul spürt die Muskeln ihrer Waden, als sie sich auf ihn hockt und ihn reitet. (Er muß an einen Artikel über Kuba denken, in dem er einmal gelesen hat, daß die Prostituierten dort »Reiterinnen« genannt werden.)

Später drehen sie sich herum, Paul liegt oben, dann kniet er hinter ihr, sie seufzt, sie streckt sich, sie ist eine normale junge Frau mit normalen Reaktionen, es gibt kein Geheimnis, keine Verbiegung. Paul weiß noch nicht, was heute abend passiert ist, es erscheint ihm, als sei die Zeit ein Stück vorgelaufen wie in einer Filmvorschau, und als müsse er erst noch den ganzen Film sehen, um ihn zu begreifen. Olivia kommt, als Paul nicht damit rechnet, das Zimmer ist plötzlich voller hoher Laute, es ist, als komme sie in seinen Ohren, und er kann sich nicht mehr beherrschen.

Paul zieht das Kondom ab und wirft es neben das Bett, es ist zu kalt, um aufzustehen, er dreht sich zu Olivia und umarmt sie wieder, ihre Augen sind weicher, ihre Lippen rauh vom Küssen, aber immer noch sieht sie ihn mit ihrem durchdringenden Blick an, den sie auch nicht losgelassen hat, als sie auf ihm saß, als er auf ihr lag, und für Paul war es leichter, als dieser Blickkontakt unterbrochen war.

Es ist erst elf, er könnte noch ins Institut gehen, denkt die eine Seite in Paul. (Warum sie das denkt, ist der anderen unbegreiflich.) Es war nicht das schönste Erlebnis, an das er sich erinnern kann, dazu kennen sie sich zu wenig, und es ging viel zu schnell. Aber er ist vollkommen ruhig und gelassen, er spürt einen Schauer, als wäre er kurz davor gewesen, etwas zu sehen, das ihm sein ganzes Leben erklärt, dann fällt ihm auf, daß Olivia schweigt. Er ist froh, daß sie nicht darüber sprechen, ob das jetzt »schön« war. Es war etwas ganz anderes als »schön«.

Olivia läßt ihre klaren Augen keinen Moment von ihm, als sei das eine Art zweite Lust, sich an ihm sattzusehen. Er bittet sie, das Licht zu löschen (daran denkt er erst jetzt), aber vor dem Fenster sind nur Vorhänge, und von draußen leuchtet eine Laterne herein. Oder ist das der Mond? Paul dreht sich mit dem Rücken zu Olivia, in diesem Moment muß er zum ersten Mal an Gabriele denken, an Bérénice, und es ist der Wunsch, sie zu schützen, ihnen keinen Schmerz zuzufügen, der stärker wird. Sie trinken Weißwein, der sie beide frieren läßt.

Du hast Angst, sagt Olivia spöttisch, als sei sie Suzanne oder Pauls schlechtes Gewissen oder die Ministerin, die von ihm enttäuscht ist.

Er muß morgen im Ministerium anrufen und einen Termin ausmachen für das Gespräch.

Ich bin froh, daß ich dich getroffen habe, sagt Paul. Ich liebe dich.

Dann ist plötzlich eine Pause. Es wird niemals so sein wie mit Gabriele, denkt Paul, sie können nicht morgen den Tag zusammen verbringen und zusammen wegfahren, sie können überhaupt nie viel Zeit zusammen verbringen.

Woher kannst du eigentlich französisch? fragt Paul.

Ich war nach der Schule zwei Jahre in Paris, sagt sie, und Paul rechnet.

Dann waren wir gleichzeitig in Paris, lacht er.

Dieser Zufall (und der mit den Hotels) macht ihnen beiden angst (so als müßten sie endlich einsehen, daß sie füreinander bestimmt sind).

Warum steht das nicht in deinem Lebenslauf?

Ich war da als Au-pair-Mädchen, das wollte ich nicht gern angeben.

Aber gerade so was wollen die doch, sagt Paul. Das ist jetzt zu spät.

Bleibst du morgen noch hier, oder fährst du wieder nach Amsterdam? fragt Olivia ganz leise.

Paul hat diese Frage befürchtet.

Ich muß morgen zurück, sagt er. Aber ich komme nächsten Donnerstag wieder. Du mußt bald mal nach Amsterdam kommen. Außerdem überlegen wir, nach Leipzig zu ziehen.

Olivia ist still, Paul spürt, wie sie nachdenkt, als er sie wieder berührt und zu küssen versucht, sie aber nicht reagiert. Es wird noch kühler im Zimmer, und sie liegen dicht nebeneinander, schlafen nicht, reden aber auch nicht mehr. Ab und zu trinken sie einen Schluck Wein. Olivia entspannt sich nicht, und auch Paul gerät in Gedanken, aus denen er nicht mehr herausfindet. Als er spürt, daß es Morgen wird, küßt er Olivia und steht auf. Er zieht sich an und verläßt leise das Zimmer, er merkt, daß sie nicht schläft, aber vielleicht ist es für sie so leichter.

Bis gleich, sagt er in der Tür, aber sie scheint ihn nicht zu hören.

15

Er ist gegen halb acht im Institut, nach Frau Pfeifer, und erfährt, daß Sander heute da ist und mit Paul reden möchte. Jetzt wollen alle mit ihm sprechen. Paul macht für die übernächste Woche einen Termin in Dresden im Ministerium aus, vielleicht kann er dann bei Olivia übernachten. Hätte er nicht mehr erklären müssen, er ist einfach gegangen und weiß nicht, was sie denkt. Er ruft sie an, aber sie geht nicht dran, vielleicht schläft sie jetzt. Gabriele erreicht er, sie hat schon zwei Stunden gearbeitet, bevor Bérénice wach geworden ist.

Um zehn ist der Termin mit Sander, er ist wieder förmlich und trocken, aber Pauls Vertrag wird für ein Semester verlängert.

Ich wollte Ihnen das schon gestern sagen, ich habe versucht, Sie anzurufen.

(Wenn er wüßte, wo ich heute nacht war, denkt Paul.)

Er hat wirklich Glück. Er wird wiederkommen, er muß sich nicht von Leipzig und von Olivia verabschieden, das ist das Wichtigste. Sie können sich eine Wohnung suchen. Es darf bloß nichts herauskommen. Paul umarmt Frau Pfeifer, die nicht überrascht ist, sie freut sich auch. Jetzt ist Gabriele nicht da, und Olivia nimmt immer noch nicht ab.

Im Seminar ist sie wie früher, sie schreibt mit, man sieht ihr nicht an, was sie erlebt hat, ob sie etwas erlebt hat, woran sie denkt. Das letzte Referat des Semesters bringt nicht viel Neues, alle sind in Gedanken schon bei ihren Hausarbeiten und Scheinen, in den Semesterferien. Im zweiten Seminar bittet Paul Herrn Moritz, ein Gedicht vorzulesen, dessen Verfasser er nicht nennen will, aber jeder weiß, daß es von ihm ist. Es ist ein melancholisches Abschiedsgedicht von einem Mann, der verlassen wird, und erst jetzt wird Paul die Parallele und das Mißverständliche klar, als Moritz es pathetisch und anrührend vorträgt. Olivia sieht weg, sie sieht Paul nicht mehr an, er möchte ihr zurufen, das Gedicht nicht auf sich zu beziehen, es nicht ernst zu nehmen.

Sie diskutieren darüber, ob das Gedicht sparsam genug ist oder zu sentimentale Mittel einsetzt, aber Olivia sagt nichts, und Paul hört nicht richtig zu. Er sieht sie zum letzten Mal an. In der nächsten Woche will er für jeden Studenten eine ausführliche Sprechstunde abhalten, anstelle der Seminare, und er läßt eine Liste herumgehen, in die sich alle eintragen können. Er hat fünfunddreißig Anmeldungen. Olivia hat ihren Namen in eine Spalte geschrieben wie alle anderen.

Nach dem Seminar muß er nach oben, Gabriele anrufen, heute findet keine Sprechstunde statt, und als er fertig ist, sind alle weg. Olivia hat nicht auf ihn gewartet. Er sucht sie im Café, ruft vom Bahnhof aus bei ihr zu Hause an, vergeblich. Sie hätte ihn zum Bahnhof begleiten können. Hoffentlich spricht sie nicht sofort mit ihrer

Freundin über alles. Paul schläft im Zug nach seinen zwei Flaschen Wein immer wieder ein, und er hat Angst, diesmal den Anschluß zu verpassen, er schafft es nur mit letzter Kraft. Das hält er nicht noch ein Semester durch. Sie müssen bis April umziehen.

Gabriele hat auf ihn gewartet, sie trinken zusammen Sekt, auf die Verlängerung, und Paul fühlt sich besser.

Du siehst müde aus, sagt sie.

Das ist die Anspannung, die jetzt nachläßt, sagt Paul.

Erst als sie einschlafen, muß er wieder daran denken, daß er einen Fehler gemacht hat.

Ich will keine friedfertige Frau sein, dieser Satz Olivias geht ihm durch den Kopf, aber wann hat sie ihn gesagt? Heute nacht? Im Seminar?

Paul ist durcheinander, er hat wieder nicht genug geschlafen, aber die Stimmung ist verändert. Sie gehen durch die Wohnung und überlegen, was sie mit nach Leipzig nehmen und was nicht. Gabriele ist jetzt auch dafür, hier wegzugehen. Sie haßt Amsterdam. Paul spürt, daß sie ihm zeigen will, daß sie seine Veränderung bemerkt. Er will ihre Gedanken sehen. Er will ihr nichts von seinen Erlebnissen erzählen. Was will er Gabriele zeigen?

Nur Bérénice hat sich in Amsterdam wohlgefühlt. Gabriele hat mit den Vermietern gesprochen. Es wird nicht schwer sein, in Leipzig eine große Altbauwohnung zu finden. Gabriele hat in Halle angerufen und einen Termin mit einem Biologen dort gemacht, der früher in Köln war, er hat sie sehr ermutigt. Trotzdem hat Gabriele Angst. Paul würde am liebsten am Institut bleiben, weder das Angebot der Ministerin noch die Stelle in Nordrhein-Westfalen reizen ihn. Er vermißt schon nach ein paar Tagen die Studenten. (Nicht nur Olivia.) Die Strömung, die ihn dort trägt.

An Olivia denkt er manchmal so, als ob er sie verloren habe, ja, als ob etwas Schlimmes mit ihr passiert sei. Er versucht jeden Tag, sie anzurufen, aber er erreicht sie nicht. Er schreibt ihr einen kurzen Brief, er möchte sie gern wiedersehen und entschuldigt sich für seinen wortlosen Aufbruch. Am Mittwoch meldet sie sich, wieder außer Atem, sie sagt, sie spreche von einer Telefonzelle aus. Sie hat seinen Brief noch nicht erhalten.

Ich komme morgen abend bei dir vorbei, sagt Paul. Sollen wir was essen gehen?

Ich brauche mehr Distanz, sagt Olivia hastig. Es geht morgen nicht.

Paul glaubt ihr nicht, es klingt so einstudiert, was sie sagt, als habe ihr jemand diesen Satz vorgesprochen.

Das ist nicht schlimm, sagt er. Wir sehen uns ja Freitag.

Sie antwortet nicht.

Tschüs, sagt sie nur.

Paul fährt am Donnerstag nach Leipzig, er geht um zehn vom Bahnhof aus bei Olivia vorbei und klingelt, es sind einige Frauen da, aber sie nicht. Sie sei heute noch gar nicht zu Hause gewesen, sagt eine der Mitbewohnerinnen. Paul geht ins Institut und betrinkt sich, er schläft diesmal sehr tief, obwohl in der Hochschule für Grafik eine Party stattfindet, er schläft auf dem Grund dieser Musik und der Ansagen, die herüberschallen, nachts fällt ihm ein, daß Olivia vielleicht auf diese Party gegangen ist.

Der erste Student kommt kurz vor neun, und so geht es den ganzen Tag, manchmal kann Paul einen Kaffee trinken oder einen Joghurt essen, dann kommt schon der nächste. Paul ist verkatert und verschlossen. Nicht immer kann er die Zeit einhalten, nicht jeder ist pünktlich, es gibt Verschiebungen und Terminvertauschungen, und so ist er die ganze Zeit beschäftigt, über Hausarbeiten zu reden und Scheine, über Literaturempfehlungen. Er gibt sich Mühe, jedem etwas Motivierendes zu sagen. Er bekommt viel Lob für seine Seminare, ein paar Beschwerden (von einer exotisch aussehenden, langhaarigen Studentin, die meint, nicht genug zu Wort gekommen zu sein). Er ist großzügig bei den Scheinen, großzügiger als in Köln, und die meisten sind zufrieden. Er erzählt jedem, daß er im nächsten Semester wiederkommt, er hat noch nicht über Themen nachgedacht.

Irgend etwas ist nicht in Ordnung, sagt Moritz.

Paul weicht aus.

Olivia erscheint pünktlich um drei, als Paul schon erschöpft ist vom vielen Reden.

Was ist denn los? fragt er ängstlich, als ob er ein schlechtes Gewissen habe.

Olivia sieht blaß und ernst aus, nicht krank, aber so, als ob sie sich zu etwas entschlossen habe.

Ich brauche Zeit zum Nachdenken, sagt sie und gibt ihm ihren Schein zum Unterschreiben.

Paul würde ihr so gern erzählen, daß er im April wiederkommt, aber er fürchtet, daß sie sich nicht freut.

Laß uns heute abend noch mal miteinander reden, ich nehme dann den Nachtzug.

Sie schüttelt den Kopf.

Das geht nicht, sagt sie.

Bist du mir böse? Hast du meinen Brief nicht bekommen?

Ich konnte deine Schrift kaum entziffern, sagt sie abwesend, so als sei sie aus einem anderen Grund von seinem Brief enttäuscht. Ich habe auch einen Fragebogen bekommen, wegen dem Stipendium, ich muß das alles ausfüllen.

Ich habe am Freitag in Dresden zu tun, ich könnte Donnerstag abend zu dir kommen.

Ich rufe dich an, sagt Olivia wie zu jemandem, der sie doch nicht verstehen wird.

Sie steht auf, ohne sich zu verabschieden, wie Paul in der Nacht. So ist sie oft aus der Sprechstunde gegangen. Er hat noch vier Studenten, dann macht er Schluß, verabschiedet sich von Frau Pfeifer und geht zum Bahnhof.

Seine Angst, daß er Olivia nie mehr wiedersehen wird. Er ruft nicht bei ihr an, es hat heute keinen Sinn. Er muß sowieso ein ganzes Wochenende nach Leipzig kommen, um nach einer Wohnung zu suchen. Wollte Olivia in den Semesterferien nicht hier auf der Messe arbeiten? Was ist mit dem Restaurant? Ende Februar hat sie Geburtstag, er möchte ihr etwas schenken, eine Überraschung, er möchte wissen, wo sie dann ist. Er trinkt diesmal Bier.

Paul hat viel Zeit, sich um Bérénice zu kümmern, um die neue Wohnung, um den Umzug. Er telefoniert von Amsterdam aus mit Maklern, mit Frau Pfeifer, er hat sofort einige Angebote und Tips. Er denkt nur an Olivia, wenn er zum Stillstand kommt. Er muß mit ihr sprechen, aber sie meldet sich nicht und läßt sich am Telefon immer verleugnen oder ist wirklich nicht da.

Am Mittwoch ruft sie endlich an.

Wie ist es? fragt Paul.

Kommst du morgen?

Wieder weiß er nicht, warum er so gerührt ist, warum er alles tun würde, um diesen Abend zu ihr zu fahren.

Ja klar, sagt er, voller Energie. Was ist denn los mit dir?

Es geht wieder besser, sagt sie. Ich hatte ein Tief.

Diesmal bringt Paul eine Flasche Rotwein mit, sie sitzen in der Küche, die anderen Frauen sind in ihren Zimmern, und Olivia macht überbackene Käsetoasts. Sie sieht nicht mehr so blaß aus, aber sie hat ihn nur kurz umarmt, nur leicht geküßt, sie hat irgend etwas vor, das spürt Paul.

Sie trinken den Wein, aber es wird nicht besser.

Paul erzählt von seinem Termin im Ministerium, von der Verlängerung, von dem Plan, in Leipzig eine Wohnung zu suchen.

Olivia nimmt all diese Neuigkeiten scheinbar gleichgültig auf, als sei sie davon nicht betroffen.

Was meinst du denn dazu? fragt Paul.

Das mußt du Gabriele fragen, ich kann dir da nicht raten.

Ist es das, ist es wegen Gabriele? Warum sprichst du nicht weiter?

Später sitzen sie in Olivias Zimmer auf dem Bett, angezogen, mit Wassergläsern, aus denen sie den Rotwein trinken.

Hast du eigentlich jemanden, einen Freund? fragt Paul.

Er merkt, daß Olivia sich desto mehr verschließt, je mehr er fragt. Schließlich nimmt er ihre Hand und schweigt. Er spürt, daß sie weint, und er ist froh, daß sie endlich eine Reaktion zeigt. Er umarmt sie, zieht sie aus, legt sie ins Bett, zieht sich selbst aus und kriecht zu ihr.

Ich habe meine Tage, sagt sie, während sie sich die Nase putzt.

Ich muß um sieben los, sagt Paul, sei bitte nicht böse, ich komme am nächsten Wochenende wegen der Wohnung. Wir sehen uns bald öfter. Und wenn da jemand ist, mußt du mir das sagen.

Er hat das Gefühl, daß sie den Kopf schüttelt.

Später küßt sie seinen Nacken, seinen Rücken, seine Schultern, seinen Hinterkopf, und Paul schließt die Augen, hält still und spürt, daß ihr das hilft. Schließlich schläft sie ein, und er betrachtet in dem Schein der Laterne lange ihr Gesicht.

Wieder steht er auf, als sie zu schlafen scheint, er glaubt nicht mehr, daß sie das stört. Sie tut ihm leid, wie sie da zusammengerollt liegt, dringend nach Schutz suchend. Paul hält es für besser, wenn sie nicht nach Amsterdam kommt, das gibt zu viel Unruhe, und sie können sich bald hier sehen. Er wird wahrscheinlich jedes Wochenende herkommen, wegen der Wohnung, er wird weiter einmal die Woche fahren, so wie er es gewohnt ist.

In Dresden hat er ein gutes Gespräch mit der Referentin, sie reden über Schriftsteller, die man als Gastdozenten einladen könnte, aber er schämt sich fast, wegen Olivia, und daß er soviel Glück hat. Er fliegt diesmal zurück nach Amsterdam, und Gabriele und Bérénice holen ihn am Flughafen ab. Sie sind um halb acht zu Hause, und es ist wunderbar, nicht so spät in der Nacht zurückzukommen.

Amsterdam stinkt, sagt Gabriele.

Er weiß nicht einmal, ob er Olivia schreiben soll, oder ob er sie besser in Ruhe läßt. Sie muß so tun, als ob sie sich nicht auf ihn einläßt, er tut auch so, aber für ihn ist es leichter. Wenn Paul ehrlich ist, ahnt er, daß die Nacht mit Olivia ihn enttäuscht hat. (Weil alles so einfach war, funktioniert hat, weil es kein Geheimnis mehr gibt?) Er würde gern mit ihr verreisen, um den ganzen Tag mit ihr zusammen zu sein, aber die Möglichkeit haben sie nicht. Vielleicht können sie einmal für zwei Tage zusammen wegfahren.

Gabriele hat ihr Exposé fast fertig, sie will selbst nach Halle fahren und es einreichen, dabei auch den Professor dort wiedersehen. Paul glaubt, daß sie etwas ahnt, aber kann nicht mit ihr sprechen. Ihm ist manchmal nachts schwindelig, er hat Herzklopfen, dann ist ihm übel.

Montag abend ruft Olivia an. Paul kommt gerade herein, von einem Spaziergang mit Bérénice, seine Lippen sind steif von der Kälte, als er ans Telefon geht.

Schon wieder Olivia, sagt Gabriele.

Bérénice versucht, Gabrieles Worte nachzusprechen, sie hat angefangen, zu sprechen, eine neue Phase ihres Lebens beginnt, sie übt den ganzen Tag Worte, kurze Sätze, seit sie zwei geworden ist.

Hast du einen Moment Zeit? fragt Olivia.

Paul geht ins Schlafzimmer und schließt sich ein.

Olivia redet schnell, beinahe sachlich, als müsse sie einen Geschäftspartner überreden.

Ich habe über diese letzte Nacht nachgedacht, sagt sie. Ich brauche keinen großen Bruder. Und keinen zweiten Vater. Ich brauche keine Hilfe. Ich komme allein zurecht. Ich will auch keine Beziehung.

Paul legt auf, er ist kaum zu Wort gekommen. Er räumt im Schlafzimmer herum, putzt sich die Zähne, enttäuscht und auch etwas erleichtert. Er sieht ein, daß alles richtig ist, was Olivia sagt. Er ist nur noch nicht so weit gewesen, es auszusprechen.

Was war denn los? fragt Gabriele, im Vorbeigehen.

Ach, es gibt Probleme, sagt Paul. Mit der Hausarbeit, mit dem Stipendium, mit dem Leben.

Er glaubt in diesem Moment, daß Gabriele alles weiß.

Vielleicht kommt sie ja einmal nach Amsterdam, sagt sie.

Gabriele ist Paul in diesem Moment unheimlich.

Ich glaube, das hat keinen Sinn mehr. Sie muß ständig gegen das opponieren, was ich ihr rate. Das bringt nichts.

Soll ich mal mit ihr sprechen?

Sie muß jetzt erstmal zur Ruhe kommen, sagt Paul.

16

Am Mittwoch nachmittag klingelt es, und Olivia kommt die Treppen herauf, atemlos, aber bestimmt, so als habe sie einen Termin vereinbart und wolle nur etwas bringen oder abholen.

Gabriele und Bérénice sind nicht da, und Paul umarmt sie.

Kann ich hier schlafen, sagt sie, wie eine Feststellung.

Ja sicher, sagt Paul. Das ist kein Problem.

Sie sieht sich in der Wohnung um, als könne sie so die Rätsel lösen, mit denen sie nicht weiterkommt.

Paul versteht sich selbst auf einmal. Er liebt beide. Sind das nicht seine beiden Seiten? War das nicht immer seine Sehnsucht? Er hat sich gewünscht, daß Olivia nach Amsterdam kommt, daß sie sieht, wie er hier lebt. (Schon wieder ein Wunsch, der in Erfüllung gegangen ist.) Was will er Olivia zeigen?

Schön, daß du da bist, sagt er endlich.

Er stellt Olivia der Vermieterin vor (als eine Bekannte aus Leipzig) und fragt wegen des Gästezimmers. Sie kann es haben, es ist die nächsten Tage frei. Olivia hat nichts dabei, keinen Schlafsack, keinen Schlafanzug, sie scheint sich nicht darauf eingestellt zu haben, daß sie hierbleiben wird. Paul gibt ihr Handtücher, Decken, einen Bettbezug, einen Schlafanzug von sich.

Gabriele fliegt morgen nach Halle, sagt er. Wir müssen auf Bérénice aufpassen, aber sonst habe ich Zeit.

Es ist, als hätte Olivia das alles gewußt und genau diesen Termin abgepaßt.

Wir können ja am Wochenende zusammen nach Leipzig fahren. Oder nächste Woche.

Dann hören sie Gabriele und Bérénice die Treppen heraufkommen. Olivia sieht ihn herausfordernd an. Sie hat wieder ihren anklägerischen, empörten Blick. Aber sie ist plötzlich munter und freundlich, als Gabriele hereinkommt, sie spielt nicht, das spürt Paul, sie möchte nicht so tun, als komme sie mit ihrem Leben nicht zurecht und suche Hilfe, sie tritt Gabriele selbstbewußt entgegen, als habe sie das Recht, hier zu sein.

Gabriele ist fertig mit ihrem Exposé, sie hat gute Laune, sie hat sich einen neuen Mantel gekauft und zeigt ihn Paul, sie fliegt morgen früh und wird Freitag abend zurück sein, sie ist diesmal nicht ängstlich oder schüchtern, sondern fest entschlossen, diese Chance zu ergreifen. Sie nimmt Olivia ernst, das ist sofort klar.

Paul hat ja viel von Ihnen gesprochen, sagt sie. Ich habe auch das Gutachten gelesen, das er über Sie geschrieben hat. Sie müssen ein paar Tage bleiben, wir können uns in Ruhe unterhalten, wenn ich wieder da bin.

Das klingt, als wäre es eine Falle.

Olivia hat sich zu Bérénice gebeugt, aber sie scheint

sich nicht zu trauen, sie zu berühren oder sie anzusprechen, sie hat eine Scheu vor ihr, als könne sie ihre wahren Gedanken lesen. Bérénice erwidert den ernsten Blick, es ist, als würden sich zwei Kinder begrüßen, die wissen, daß das andere ein Rivale ist.

Wollt ihr nicht du sagen, bitte, sagt Paul.

Aber es ist nicht nötig, daß er die beiden Frauen zueinanderführt, sie haben sich sofort verstanden, die Stärke der anderen erkannt, und Olivia scheint zu wissen, daß sie nichts gegen Gabriele erreichen kann. Eine andere Frau würde aufdrehen, spielen, dramatisieren, kämpfen. Gabriele nicht, sie weiß es, sieht alles voraus, bleibt kühl und gelassen. Nur an ihren Kiefermuskeln sieht Paul, wie angespannt sie ist.

Morgen wäre vielleicht ein Tag, um nach Zandvoort zu fahren, sagt Gabriele. Es soll ganz mild werden. Wenn ihr das Auto braucht, müßt ihr mich zum Flughafen fahren, sonst nehme ich es.

Wir fahren mit dem Zug, sagt Paul schnell.

Er freut sich jetzt auf den Tag mit Olivia.

Kannst du uns nicht helfen, wegen der Wohnung, fragt Gabriele. Du kennst dich doch schon aus.

Ich kann die Zeitung durchsehen, sagt Olivia. Ich kann für euch Termine ausmachen, wenn ihr wollt. Ich höre mich auf jeden Fall um.

Paul achtet nur auf die Untertöne. Er legt die CD »It's Only a Papermoon« ein, aber Bérénice und er sind die einzigen, die auf die Musik achten. Bérénice beginnt zu tanzen. Sie zieht ihren Schlüpfer aus und läuft mit nacktem Po durch die Wohnung, sie schreit dabei und will, daß alle hersehen. Irgend etwas spürt sie.

Die beiden Frauen unterhalten sich über Anne Larousse, und Gabriele zeigt Olivia die französischen Ausgaben. Die beiden scheinen sich zu verstehen, Paul ist erleichtert. Er hilft Olivia, ihr Bett herzurichten, während Gabriele Bérénice ins Bett bringt.

Wir können morgen über alles sprechen, sagt er.

Willst du das wirklich? fragt Olivia.

Ich möchte dich verstehen, sagt er.

Als Bérénice schläft, sitzen sie im Gästezimmer, in Olivias Zimmer, und trinken Weißwein. Von hier aus würden sie Bérénice sofort hören, wenn sie weinen sollte. Gabriele schildert die ideale Wohnung, die sie sich für Leipzig wünscht. Olivia beschreibt das Haus, in dem sie wohnt. Paul erzählt von der Atmosphäre des Viertels um das Institut. Dann gehen alle früh ins Bett, Gabriele muß ausgeschlafen sein.

Achte auf Bérénice, sagt Gabriele, als sie im Bett liegen, das ist das Wichtigste. Ich könnte sie auch mit zu meinen Eltern nehmen.

Wieso das denn? fragt Paul. Ich freue mich doch, daß ich mal den ganzen Tag mit ihr zusammen sein kann.

Hast du Olivia eingeladen?

Ich habe ihr angeboten, einmal nach Amsterdam zu kommen, das ist alles.

Und warum kommt sie gerade jetzt?

Ich weiß es wirklich nicht, sagt Paul.

Sie macht es sich sehr schwer, das sieht man.

Das klingt überlegen, beinahe überheblich.

Was glaubst du, wie kompliziert es ist, mit ihr zu sprechen, sagt Paul. Ich weiß nicht, wie ich mit ihr umgehen soll.

Was ist denn mit ihr los?

Ich weiß es wirklich nicht.

Sie ist in dich verliebt, das sehe ich, sagt Gabriele. Und du auch in sie. Aber du zweifelst noch.

Spinnst du? sagt Paul atemlos.

Dann redet er einfach weiter.

Hör jetzt auf mit diesen Spekulationen. Du hast morgen dein Gespräch. Nimm dich zusammen und sei nicht zu angespannt. Du mußt an uns denken. Ein bißchen Arroganz kann nicht schaden. Und du bluffst einfach, wenn du nicht weiterweißt. Und ruf an, wenn du kannst. Wir sind in Zandvoort, aber bestimmt um sechs zurück. Und mach dir keine Sorgen. Ich suche uns nächste Woche die Wohnung, die du dir wünschst.

Paul muß daran denken, daß Olivia ihn hören kann. Er liegt wach und wartet, bis Gabriele eingeschlafen ist. Jetzt kann er nachdenken. Wenn Gabriele nicht so hellsichtig wäre. Sie macht sich jetzt zusätzliche Sorgen. Er will Olivia helfen, eine Entscheidung zu treffen. Es wird schwer sein, wenn das Semester wieder beginnt. Sie kann nicht mehr in seine Seminare kommen. Wenn sie wenigstens das Stipendium bekäme. Irgend etwas muß doch daran sinnvoll sein. Seinen letzten guten Gedanken vergißt er, als er betrunken ist. In der Nacht knirscht Gabriele mit den Zähnen.

Sie steht um fünf auf, als Bérénice noch schläft, und Paul bildet sich ein, auch Olivias Atemzüge im Nebenzimmer hören zu können. Sie scheint im Schlaf zu seufzen. Vielleicht hat Ritter doch recht. Sie sollte in den Westen gehen, zu einer Zeitung oder zum Rundfunk, und vor allem arbeiten. Sie könnte als Journalistin erfolgreich sein, dieses viele Nachdenken ist nicht gut für sie.

Um sechs ruft Bérénice, Paul steht auf und bringt ihr Milch, kurz darauf klopft Olivia, die schon angezogen ist. Sie versucht, Frühstück zu machen, sie holt frisches Brot, sie spricht mit Bérénice, gibt ihr ein Stück Banane, aber Paul spürt, wie unsicher sie ist, als wäre sie noch nie mit einem kleinen Kind allein gewesen. Bérénice wird wieder albern. Es ist ein milchiger, diesiger Tag, nicht kalt, und Paul hat das Gefühl, daß die Sonne durchkommen wird. Nachdem er alles gepackt und den Buggy beladen hat, gehen sie zur Straßenbahn und fahren zum Hauptbahnhof.

Heute könnte Olivia ihren Anorak, die Wollsocken und die Schnürstiefel gebrauchen, aber sie hat das gestreifte T-Shirt, ihren schwarzen Mantel mit den Messingknöpfen, eine ausgestellte dünne Hose und Stiefeletten an, für den Strand ist das nicht das Richtige. Paul trägt seinen Anorak, alte Jeans, alte Wanderschuhe, wieder passen sie nicht zusammen. Er fühlt sich keinen Moment so, als ob sie zusammengehörten, und kein anderer würde auf die Idee kommen, daß sie eine Familie sein könnten.

Olivia zieht ab und zu die Nase hoch. Sie hilft, den Buggy in den Zug zu tragen, sie beobachtet Bérénice, die auf Pauls Schoß sitzen und durch den Zug laufen will, sie denkt nach.

Wir sollten uns nicht mehr sehen, sagt sie dann. Du würdest niemals Bérénice und Gabriele verlassen, nicht mal für einen Tag.

Paul spricht mit Bérénice und tut so, als habe er keine Antwort darauf. Er sitzt wieder im Zug, aber es gibt nichts mehr zu träumen, keine Dialoge fortzuführen, keine Aussichten auf eine neue Gelegenheit.

Es ist Mitte Februar, aber in Zandvoort ist es hell und sonnig wie im Frühling, es sind fünfzehn Grad, die Sonne wärmt das Gesicht, es ist ein weicher, milder Schleier in der Luft, der Paul verzückt, nachgiebig, zufrieden macht. Sie gehen Hand in Hand, während Bérénice unermüdlich am Wasser entlangläuft. Sie sucht ihren Eimer, den Paul vergessen hat.

Ich hatte zwei Beziehungen mit verheirateten Männern, das ist alles, sagt Olivia.

Paul hebt eine Muschel für Bérénice auf.

Aber keiner war so zurückhaltend wie du. Du versprichst nicht einmal irgend etwas.

Nein, sagt Paul.

Bérénice ist mit ihren Gummistiefeln bis zum Rand im Wasser, und Paul muß sie herausholen.

War das in Paris?

Ja.

Und das andere Mal?

Bei der Zeitung jemand. Ich will nicht mehr.

Du mußt schreiben, sagt Paul. Du mußt darüber etwas schreiben, keine Gedichte. Etwas Richtiges. Du kannst ruhig über uns schreiben, Hauptsache du machst etwas daraus.

Sie setzen sich in den warmen Sand, während Bérénice ein Loch gräbt. Olivia küßt Paul, mit leicht geöffneten Lippen, so als wolle sie ihn gar nicht küssen, sie berührt ihn nur mit den Lippen, ähnlich wie es Bérénice manchmal macht.

Ich habe kein Geld mehr, sagt Olivia. Ich muß etwas unternehmen.

Du müßtest eine Hilfskraftstelle haben, sagt Paul.

Ich muß jetzt irgend etwas jobben. Sonntag in dem Restaurant. Dann auf der Messe. Ich könnte wieder bei der Zeitung anfangen.

Im neuen Semester bekommst du vielleicht das Stipendium, sagt Paul. (Er verspricht also doch etwas.)

Dann geht sie nach Paris oder Lille, und er muß sie dort besuchen.

Wir müssen einmal zusammen wegfahren, sagt Olivia.

Wir könnten nach Berlin fahren, sagt Paul (und denkt an Suzannes Wohnung). Aber erst müssen wir umziehen. Wir fahren Samstag zusammen zurück, dann suche ich weiter.

Du könntest wenigstens mit mir träumen, sagt Olivia.

Sie essen in dem einzigen Strandrestaurant, das geöffnet hat, und fahren dann Bérénice in den Schlaf.

Sie gehen langsam und schweigend über die Strandpromenade, es sind immer mehr Ausflügler gekommen, die sich in den Sand legen. Schließlich sitzen sie auf einer Bank ganz am Südende des Strandes und bewachen Bérénices Schlaf.

Es ist alles gesagt, beginnt Olivia.

Paul nimmt ihre Hand, sie lehnen sich aneinander wie ein sehr altes Paar. Olivias Augen haben sich verhärtet, sie sieht nur noch in die Ferne, an den Horizont, wenn Paul sie anblickt. Bérénice schläft zwei Stunden, dann sind sie müde. Sie warten nicht mehr den Sonnenuntergang ab, sondern machen sich um vier auf den Rückweg.

Im Zug, auf der Rückfahrt, muß Paul lachen. Endlich sitzt er Olivia im Zug gegenüber, nicht mehr allein, er hat sich so oft gewünscht, mit ihr zusammen zu verreisen. Er hatte immer geglaubt, daß es nie Wirklichkeit werden würde.

Olivia respektiert die Wohnung als Gabrieles und Pauls, sie geht in ihr Zimmer, sie wird dort schlafen und nicht herüberkommen, da ist Paul sicher. Es ist ihm auch lieber so. Er möchte bei Bérénice bleiben, er will auf keinen Fall überhören, wenn sie ruft. Als Bérénice schläft, holt er Olivia herüber, zu einem Glas Wein, sie liegt auf dem Bett und schreibt in ein Heft.

Morgen will ich aber was von Amsterdam sehen, sagt sie tapfer.

Während sie am Tisch sitzen und über mögliche Seminarthemen sprechen, die Paul für das nächste Semester anbieten könnte, kommen zwei Anrufe. Pauls Eltern haben das Hotel verkauft, heute war der Notartermin, sie müssen zum ersten April ausziehen. Durch das lange Pokern haben sie nichts gewonnen, aber sie haben noch keine neue Wohnung. Paul und seine Schwester werden persönlich nach Dax kommen müssen und sich darum kümmern. Sie werden bald Geld haben, vielleicht genug, um eine Wohnung in Leipzig zu kaufen? Auf jeden Fall muß Paul abwarten, wieviel er bekommt.

Dann ruft Gabriele an. Sie ist in Halle bei Boris, bei dem sie auch übernachtet, und die beiden scheinen guter Stimmung zu sein. Zuerst fragt sie nach Bérénice. Dann erzählt sie von der Universität. Sie hat sich gleich mit dem Kollegen verstanden, er wird für ihr Projekt werben und es unterstützen, er hat ihr Hoffnungen gemacht. Aber sie muß bis zum Wintersemester warten, vorher wird es keine Entscheidung geben. Vielleicht wird sie einen Lehrauftrag bekommen. Paul ist begeistert und froh, ihre Stimme zu hören, er ist stolz auf sie und erzählt viel von Bérénice. (Er hat ihr versprochen, daß die Mama morgen zurückkommt.) Er spürt Gabrieles Angst, sich zu früh zu freuen.

Und was macht ihr? fragt Gabriele.

Paul sieht Olivia an, aber er erträgt die Härte ihrer Augen nicht.

Wir haben versucht, ein bißchen zu reden, sagt er. Wir wollen morgen in der Stadt was ansehen. Olivia möchte Leute beobachten.

Plötzlich ist Boris am Telefon.

Das sind ja schöne Neuigkeiten, sagt er. Laß dich nicht

um den Finger wickeln. Denk an das, was ich dir gesagt habe.

Ach, Boris, sagt Paul, der nicht offen sprechen kann. Gib mir noch mal Gabriele.

Wir haben gerade über dich geredet, sagt Boris. Wir sind noch nicht fertig.

Als Gabriele sich wieder meldet, ist Paul so glücklich, er wünscht sich, daß alles wieder wie vorher ist.

Wann kommst du morgen? fragt er, und es ist ihm egal, daß Olivia den Ton der Frage mitbekommt. Ach, das Hotel ist heute verkauft, es hat geklappt. Ich muß bald mal nach Dax.

Paß gut auf euch auf, sagt Gabriele. Bis morgen.

Paul muß wieder lachen, als er sieht, wie er mit Olivia am Tisch sitzt, auch etwas, das er sich lange gewünscht hat. Aber sie bleibt ernst, sie kämpft um andere Dinge als Paul, etwas will sie mit ihm lösen, von dem er nichts weiß. Als sie sich gute Nacht sagen, umarmt und küßt Paul sie, er hat Wein getrunken und ist nicht mehr kontrolliert, aber sie geht in ihr Zimmer, und Paul hört, wie sie sich wäscht. Irgend etwas Tröstendes muß er ihr doch sagen, irgend etwas tun, um alles wiedergutzumachen.

Er klopft noch einmal an ihre Zimmertür, aber Olivia reagiert nicht. Er drückt die Tür auf und sieht das leere Zimmer. Sie ist weggegangen, Paul ist das rätselhaft, sie hat doch keinen Hausschlüssel. Ob sie bei den Vermietern ist? Er kann nicht weg und sie suchen, wegen Bérénice. Er geht zurück in die Wohnung und überlegt. Hat sie sich in dem dunklen Zimmer versteckt?

Am anderen Morgen vergißt er, danach zu fragen. Bérénice war schon um fünf wach und wollte nicht mehr schlafen. Sie vermißt Gabriele und die kleinen Diskussionen, die sie miteinander haben. Paul läßt ihr nicht soviel Möglichkeiten, zu wählen. Er muß ihr dreimal »Valentin macht sich schön« vorlesen, im Moment ist das ihr Lieblingsbuch. Olivia kommt um acht, sie paßt auf Bérénice auf, während Paul sich anzieht und frühstückt.

Hast du gut geschlafen? fragt er, aber sie nickt nur.

Sie redet wenig, sie singt Bérénice ein paar Lieder vor, »Wouldn't It Be Lovely« gefällt ihr besonders. Dann machen sie sich fertig für den Spaziergang. Paul zeigt Olivia die Museen, den Leidseplein, die Altstadt. Er führt sie bis zur Universität, dem Institut, an dem er gearbeitet hat, in die ruhigen Gassen dahinter, sie gehen an einer Gracht entlang, bis sie kurz vor dem Bahnhof sind. Sie essen in einem Café in der Prinsengracht.

Ich werde wohl doch am Wochenende hier bleiben, sagt er. Wenn wir eine Wohnung kaufen, müssen wir sowieso warten. Ich komme nächste Woche Donnerstag oder Freitag.

Olivia tut so, als habe Paul gar nicht mit ihr gesprochen. Gleichzeitig wirkt sie gekränkt, als seien alle ihre Pläne vereitelt worden. Dabei weiß Paul nicht, was sie am Wochenende überhaupt zusammen getan hätten. Sie ist so abweisend, daß er nicht mehr in ihrem Bett hätte schlafen können.

Wir müssen offen über alles sprechen, sagt er. Wenn wir zu zweit sind.

(Was wäre dann anders?)

Olivia macht ein überlegenes Gesicht, und Paul würde sie am liebsten schütteln.

Ich will das Rotlichtviertel sehen, sagt sie. Ich habe neulich einen Roman gelesen von John Irving, der da spielt.

Paul lacht, aber Olivia kann nicht wissen, daß Gabriele dieses Buch gerade liest.

Da passiert ein Mord an einer Prostituierten, das ist sehr genau beschrieben, davon kann man lernen.

Zu schreiben oder zu morden? würde Paul gern fragen, aber er ist wieder vorsichtig.

Bérénice ist eingeschlafen, und er zeigt Olivia ein paar von den Straßen mit den Schaufenstern.

Sie beobachtet genau, mit geschürzter Oberlippe, es ist noch früh, aber es sind schon genug Männer unterwegs, die gerade Mittagspause haben. Eine der Prostituierten klopft mit einem Schlüssel an die Scheibe, als sie vorbeigehen, obwohl sie sieht, daß Paul mit einer Frau und einem Kinderwagen unterwegs ist. Sie öffnet die Tür einen Spalt und lehnt sich in ihrem BH bis zum Nabel heraus. Sie ist außergewöhnlich hübsch, ja schön, und sie ruft ihnen etwas zu.

Was ist denn? fragt Olivia.

Auf einmal erkennt Paul die Frau wieder. Oder bildet er sich das ein? Er hat sie zusammen mit einem exzentrischen Kollegen auf der Frankfurter Buchmesse getroffen. Es war also eine Prostituierte, die er sich als Begleiterin gekauft und als seine Freundin vorgestellt hatte?

Paul möchte nicht so lange stehenbleiben, aber er ist sich zum Schluß ganz sicher, daß es dieselbe Frau ist, deren Name Rebecca war. Ob sie wirklich so heißt?

Kennt ihr euch? fragt Olivia.

Ja, sagt Paul, das ist ein seltsamer Zufall. Sie war mal mit einem Kollegen von mir zusammen.

Dabei wird ihm klar, daß dieses Treffen vor der Messe erst vier Monate zurückliegt.

Laß uns nach Hause gehen, sagt Paul. Es kann sein, daß Gabriele bald kommt.

Und du fährst morgen nicht mit nach Leipzig?

Diesmal schüttelt Paul den Kopf.

Dann nehme ich den ersten Zug morgen früh, ich will unterwegs schreiben. Und du wolltest es einfach nur mal probieren?

Olivia, es war doch von Anfang an klar, daß ich eine Familie habe, das habe ich doch nicht verschwiegen.

Paul spürt wie unsinnig diese Worte sind. Es müßte unendlich viel Zeit sein, um diesen Zustand, in dem sie sich befinden, zu erkunden, zu ertragen und dann langsam eine Lösung zu entdecken.

Es ist schön, daß du da warst. Es war die letzte Möglichkeit, solange wir hier noch wohnen.

Paul spürt von Olivia eine kalte, verächtliche Stimmung ausgehen. Es ist kurz nach drei, als sie zurückkommen, und das Auto steht schon vor dem Haus. Bérénice wacht auf, Gabriele ist ausgelassen und fröhlich, sie hat eine Flasche Champagner gekauft und will mit ihnen anstoßen. Darauf, daß sie gut aufgenommen worden ist, daß ihr Projekt Chancen hat, bewilligt zu werden, daß sie endlich wieder an die Universität kann, daß sie eine Wohnung kaufen werden.

Gabriele fühlt sich als Siegerin. Paul sieht, wie sehr sie sich zusammenreißt, um dieses Gefühl zu erhalten. Olivia gibt sich Mühe und trinkt mit, sie sieht Paul nicht mehr an. Bérénice versucht, Gabriele zu erzählen, was sie gemacht hat. Ein bestimmter, ironischer, siegessicherer, überheblicher Zug an Gabrieles Lachen gefällt Paul nicht.

Bald sind wir fünf Jahre zusammen, denkt Paul. Das müssen wir feiern.

Die Uni ist häßlich, sagt Gabriele. Aber Boris hat sich sehr gut eingelebt.

Paul muß an ihr Lachen gestern abend am Telefon denken. Er weiß alles.

Die andere Neuigkeit ist der Verkauf des Hotels, und Gabriele möchte so schnell wie möglich die Einzelheiten geklärt haben. Vielleicht wird Paul doch am Wochenende hinfahren. Er überlegt, ob er Olivia einladen soll, mitzukommen, aber das wäre unmöglich, wegen seiner Eltern.

Er muß mit Gabriele sprechen.

Er ruft eine ehemalige Studentin an, die jetzt Korrespondentin der Süddeutschen Zeitung in Brüssel ist. Es ist ganz leicht für ihn, für jemand anderes zu werben, viel leichter, als für sich selbst um eine Stelle zu kämpfen. Er bekommt eine Nummer in der Redaktion und kann sich auf seine Bekannte berufen. Er spricht mit dem Feuilletonredakteur.

Eine Olivia Schneider, die als freie Mitarbeiterin anfangen will? Mit Berichten aus den neuen Ländern? Im Moment sind Praktika und Volontariate begehrt, wegen der Semesterferien. Sie hat bei der Leipziger Volkszeitung gearbeitet? Sie kann sich morgen vorstellen? Soll Arbeitsproben mitbringen.

Paul schreibt Olivia die Einzelheiten genau auf. Die Arbeitsproben und ihr Zeugnis muß sie eben nachreichen. Sie kann zumindest einen Probeauftrag erwarten und morgen früh direkt nach München fahren. Gabriele bietet an, ihr eine Bluse zu leihen oder eine Jacke.

Warum tust du das? fragt Olivia.

Das könnte doch was sein, sagt Paul.

Das ist doch nicht der Sinn, denkt er. Daß alle ihre Arbeit finden. Er fürchtet, daß er sich niemals wirklich entscheiden konnte.

Im Bett spricht Gabriele nur von der Wohnung. Bis April müssen sie eine haben. Eine, die schon saniert ist. In die sie nur noch einziehen müssen. Vielleicht mit alten Wandschränken.

Wir haben das Geld noch nicht, sagt Paul.

Sie sprechen weder über Olivia noch über Boris.

Das Schweigen dringt jetzt auch bei ihnen ein, denkt Paul. Er hätte Olivia niemals einladen dürfen.

Morgens bringt er sie zum Bahnhof.

Hast du das alles gemacht, um mit mir zu schlafen?

Paul dreht sich um und geht durch die Bahnhofshalle zum Ausgang.

Es ist, als könnten sie nur in einem enormen Abstand miteinander reden, eine Antwort auf eine vor einigen Tagen gestellte Frage, eine Frage, die erst demnächst beantwortet werden kann.

Olivia ist ihm gefolgt.

Olivia, das ist doch Unsinn. Du hast mein Gutachten gelesen. Ich habe dich nicht deswegen vorgeschlagen.

Eine Replik wird erst in einer Woche folgen. Aber jetzt ist Paul, als werde es keine Fortsetzung mehr geben, als würden sie sich nie wiedersehen. Er will nicht davon sprechen, er will Olivia nicht von ihrem Termin ablenken.

Und was ist mit deinen Arbeitsproben? fragt er.

Die schicke ich dann später ab.

Vielleicht könntest du bei der Leipziger Zeitung anrufen, sie sollen ein paar Artikel von dir faxen?

Mal sehen.

Und versuch, nicht so bitter zu sein. Du kannst ruhig mal lachen.

Paul ist sich nicht sicher, ob das ein guter Rat ist.

Und ruf mal an, wie es gewesen ist. Du kannst auch mit Gabriele sprechen. Ich fahre wahrscheinlich morgen los.

Paul spürt, daß seine Stimme nie frei ist, wenn er mit Olivia spricht, sie ist immer rauher, beengter, ernster als sonst.

Olivia steigt in ein leeres Abteil, in einen fast leeren Zug ein, als er losfährt, sieht es aus, als sei sie der einzige Fahrgast. Paul winkt, aber sie sieht ihn nicht mehr, sie liest schon in der Zeitung, die sie sich gekauft hat.

17

Sie ist so schwach, denkt Paul auf dem Rückweg, sie hat nichts zu geben, sie sucht eine Zuflucht, jemanden, der ihr hilft. Er kommt sich überheblich vor. Er ist froh, wieder mit Gabriele und Bérénice allein zu sein. Gabriele hat einen Immobilienführer Leipzig besorgt, den allerneuesten, und sie lesen sich gegenseitig die besten Lagen und Straßennamen vor. Es soll eine Straße mit fünf Sternen sein, und sie lachen beide über diese Bezeichnung.

Über Olivia sprechen sie nicht. Als Bérénice im Bett ist, schlafen sie zusammen, so als müßte jeder den anderen wieder in Besitz nehmen. Paul spürt die überraschende Kälte von Gabrieles Pobacken (an die er doch gewöhnt sein müßte). Er weiß, daß er zuviel getrunken hat, um sich durchzusetzen. Er sieht seine gepackte Reisetasche neben dem Schrank stehen, er wird schon wieder in die falsche Richtung fahren, bis er in Leipzig mit der Suche beginnen kann, wird es mindestens noch eine Woche dauern.

Er kann nicht schlafen, und er steht in der Küche am Fenster, als es klingelt. Es ist zehn. Die Haustür ist schon abgeschlossen. Gabriele schläft. Paul denkt an ein Telegramm, irgend etwas Dringendes von seinen Eltern. Vor der Tür steht Olivia, mürrisch, eilig, keineswegs in der Stimmung, etwas zu erklären.

Kann ich nach oben? fragt sie.

Pauls erster Impuls ist, sie zu umarmen, er ist schon im Schlafanzug, und plötzlich ist ihm, als sei er dazu verurteilt, immer so hier zu stehen und nicht zu reagieren.

Warst du gar nicht in München?

Doch, ist gut gelaufen. Die waren zuerst ziemlich reserviert. Ich kann was für die machen. Danke. Aber ich hatte keine Lust nach Leipzig.

Gabriele und die Kleine schlafen schon, sagt Paul. Ich weiß nicht einmal, ob das Zimmer noch frei ist, wir haben alles aufgeräumt. Sonst mußt du in der Küche schlafen.

Olivia geht hastig vor ihm her, wie ein Stammgast, der auf einen unverständigen Bediensteten getroffen ist. Im Gästezimmer ist die Matratze hochgestellt, es gibt keine Bettwäsche mehr, und Olivia sieht Paul fragend an.

Hör mal, du hättest wenigstens anrufen können, sagt er.

Bist du nicht mehr in mich verliebt?

Olivia, ich glaube, es ist zu Ende, sagt Paul mühsam, aber froh, daß er es endlich gesagt hat.

Weißt du, was morgen ist?

Morgen habe ich gar keine Zeit, ich muß ganz früh los, ich will abends in Dax sein.

Mein Geburtstag, sagt sie.

Das stimmt, Paul hat auch daran gedacht, und noch vor ein paar Tagen wollte er etwas für Olivia kaufen, er hatte überlegt, ihr einen Rosenstrauß zu schicken.

Ich dachte, wenn du morgen nach Frankreich fährst, du könntest mich bis Paris mitnehmen, dann bleibe ich da ein paar Tage.

Und was ist mit der Süddeutschen Zeitung?

Das mache ich schon.

Paul schämt sich, daß sie ihn anbettelt, sie mit nach Paris zu nehmen, vor ein paar Wochen hätte er alles dafür getan, wenn sie mitgekommen wäre. Warum hätte er damals so viel dafür getan? Warum hat er die Gefahr nicht gesehen? Warum ist er nicht zufrieden?

Ich fahre wegen dem Hotel, das ist wichtig, wir müssen hier aus der Wohnung raus, ich weiß nicht, was ich Gabriele sagen soll.

Aber nur bis Paris?

Na gut, ich muß jetzt schlafen, wir müssen spätestens um sechs los, um fünf wecke ich dich. Ich bringe dir noch eine Decke.

In diesem Moment spürt Paul Gabrieles Geruch aus seinem Schlafanzug aufsteigen, eben haben sie noch zusammen geschlafen, vielleicht hat Olivia auch etwas bemerkt.

Sie steht nackt vor dem Spiegel, als er ihr eine Decke und ein Handtuch bringt.

Schlaf gut, sagt sie spöttisch.

Sie fühlt sich schon wieder stärker. Sie sieht viel besser aus als heute morgen. Paul betrachtet ihren Hals, ihre Schultern, ihre Oberarme, er sieht sie zum ersten Mal so und kann nicht aufhören, sie anzusehen. Es ist etwas wie ein Leuchten, das von ihrem Körper ausgeht.

Bis morgen, sagt er und schließt die Tür.

Gabriele ist wach geworden.

Ich nehme sie morgen mit nach Paris, sagt Paul.

Paul liegt im Bett und kann nicht schlafen. Er horcht auf Geräusche aus Olivias Zimmer.

Loslassen, denkt er.

Als er aufsteht, um Olivia zu wecken, ist sie schon wach. Sie steht im Mantel am Fenster, als warte sie auf ein Taxi. Sie will nichts frühstücken, auch keinen Kaffee, auch nichts für unterwegs.

Wovor hast du Angst? fragt sie Paul.

Herzlichen Glückwunsch, sagt er.

Er sieht noch einmal nach Gabriele und Bérénice, die beide schlafen, dann gehen sie zum Auto. Olivia läuft beinahe, als müsse sie zu einem wichtigen Termin.

Du könntest mich eigentlich mal ablösen, sagt Paul. Hast du deinen Führerschein dabei?

Ich habe keinen Führerschein, sagt sie. Ich kann gar nicht Autofahren.

Paul hat das Gefühl, daß sie das nur erfunden hat, um ihn zu ärgern.

Das gibt's doch gar nicht mehr, sagt er. Hast du es nie versucht?

Sie schüttelt den Kopf, jetzt ärgert sie sich.

Dann wird es höchste Zeit, sagt Paul.

Als sie im Auto sitzen, umarmt sie ihn und küßt ihn, wie sie ihn in der Nacht in ihrem Bett geküßt hat, hungrig, instinktiv, nach ihm schnappend.

In Paris feiern wir meinen Geburtstag, sagt sie.

Paul fährt, aber er fühlt sich unwohl bei dem Gedanken, daß er ihr wieder etwas abschlagen muß.

Du hör mal, ich kann nicht nach Paris reinfahren, sagt er. Ich muß doch heute abend in Dax sein. Das sind zwölfhundert Kilometer, das ist schon fast nicht zu schaffen. In Paris verliere ich drei Stunden. Dann komme ich heute nicht mehr an.

Eigentlich will ich auch gar nicht nach Paris. Ich komme mit nach Dax, in dieses komische Bad.

Olivia, das war nicht abgemacht. Ich kann dich schlecht mit zu meinen Eltern nehmen.

Du sagst, ich habe da zu tun, ich muß was über Südfrankreich schreiben, das ist doch ganz einfach. Und dann fahren wir ans Meer.

Es geht wirklich allein darum, daß meine Eltern eine Wohnung kaufen müssen und wir dieses Geld von dem Hotel brauchen. Meine Schwester kommt auch. Wir müssen zum Notar. Das ist alles ernst.

Ich schreibe etwas über deine Gegend da unten, über das Hotel, über deine Familie, das ist eine gute Idee. Eine Reportage oder eine Erzählung. Was dazwischen. Ich kann doch wohl solange in eurem Hotel wohnen?

Paul weiß, daß sie keine Antwort erwartet. Er ist dabei, umzukippen. Auf einmal stellt er sich diese Reise mit Olivia schön vor, er malt sich eine Zeit mit ihr aus, in der sie schreibt, in der sie beide arbeiten, vielleicht könnten sie sogar zusammen etwas schreiben. Mit einander abwechselnden Stimmen. Wie ein Dichterpaar. Wäre das das richtige Leben? Er spürt, daß er immer noch zweifelt. Er spürt, daß er immer noch nicht sieht, was er tut.

Nur diese Reise, sagt sie plötzlich. Dann ist Schluß. Dann sehen wir uns nur noch am Institut.

Paul blickt zur Seite, er möchte nicht, daß sie sieht, wie traurig er ist.

Sie essen in einer Raststätte, schon in Frankreich, und Paul bezahlt. Olivia hat nur ein paar Mark dabei. Nach dem Essen geht sie zur Toilette, während Paul das Auto im Auge hat. Sie haben noch nicht einmal die Hälfte geschafft, sie müssen schneller durchfahren, wenn sie nicht zu spät ankommen wollen. Er muß seine Mutter anrufen und sagen, daß er jemanden mitbringt. Aber Olivia kommt nicht zurück, sie ist bestimmt schon fünfzehn Minuten weg, und Paul wird unruhig. Ob sie wirklich in der Lage ist, etwas zu tun, mit dem sie ihn bestrafen würde? Er geht zur Toilette und ruft sie. Keine Antwort. Ein paar Frauen kommen heraus, aber nicht sie. Paul geht zum Auto und setzt sich hinein.

Als er plötzlich Olivias Gesicht sieht, ist es ein vertrautes Gesicht, das er schon lange zu kennen glaubt, ja es ist ihm, als habe er dieses Gesicht schon immer gekannt, als habe er es immer gesucht. Es ist so, als stimmten auf einmal alle Verhältnisse nicht mehr, alles, auf das Paul sich jemals verlassen hat, als sei Olivias Erscheinung ein Blitz, der plötzlich Himmel und Erde so beleuchtet, daß sie sich entfalten und nicht mehr auseinanderzuhalten sind.

Wir gehören ja zusammen, denkt er.

Er ist so erleichtert, daß ihr nichts passiert ist, daß er sie umarmt.

Auf einmal wird die Fahrt doch so, wie er es sich immer gedacht hat. Olivia sitzt neben ihm, sie singt manchmal, manchmal berührt sie sein Knie oder seinen Arm, sie fahren schon in der Dämmerung, und es ist dieser feine Schmerz, den er seit dem Moment an der Raststätte verspürt, der ihn beinahe glücklich macht, so als hätten sie gefunden, was sie brauchen, seien aber einfach nicht dafür gemacht, es zu ergreifen.

Abends, kurz vor Bordeaux, halten sie wieder an, Olivia trinkt Wein und sieht Paul in die Augen, als sei sie endlich zufrieden. Sie kommen kurz vor zehn an, Pauls Vater ist schon im Bett, seine Schwester noch nicht da, seine Mutter begrüßt Olivia freundlich (zu freundlich) und gibt ihnen ihre Zimmerschlüssel.

Olivia spricht mit seiner Mutter, sie erzählt, daß sie bei ihm studiert und eine Arbeit schreiben will. Paul nimmt eine Flasche Wein und zwei Gläser, dann gehen sie in eins der Zimmer. Paul duscht, und als er zurückkommt, hat Olivia das Licht gelöscht. Sie liegt schon unter der Decke. Paul trinkt hastig zwei Gläser Wein, dann legt er sich zu ihr, sie ist nackt, sie riecht ganz schwach nach Rosen, und sie umschlingt ihn gleich. Unter der Decke kommt es ihm noch dunkler vor als im Zimmer. Olivia ist viel hungriger als beim letzten Mal (beim ersten Mal), Paul spürt ihre Energie, ihre Erregung, ihre Sammlung, sie läßt nicht zu, daß er aktiv wird und greift nach ihm, läßt ihn nicht mehr los, hält ihn dicht bei sich, klemmt ihn fast ein, jetzt ist alles zu spät, denkt er.

Paul empfindet die Steigerung, die darin liegt, sich besser zu kennen, die Reflexe und Reaktionen des anderen einschätzen zu können. Er wird schneller müde. Aber es ist auch, als versuche Olivia, einen Schatten zu überspringen, diese Nacht festzuhalten (all ihre Kraft aufzubieten), und das tut Paul leid. Sie bleiben die ganze Nacht zusammen, kommen aber nacheinander zum Frühstück.

Pauls Eltern können bei Freunden eine geräumige, komfortable Wohnung kaufen, nicht ganz im Zentrum, dafür weit genug weg vom Hotel. Die Wohnung steht schon leer, und sie könnten bald einziehen. Paul geht mit seinem Vater zur Besichtigung, und er spürt, wie schwer das alles dem alten Mann wird. Sie werden nur noch einen Balkon haben, drei Zimmer, keinen Keller, keinen Dachboden, keine langen Gänge, aber Paul rät zu der Wohnung, immerhin sind sie dort nicht allein.

Paul hat vergessen, Gabriele anzurufen, und als er zurückkommt, ist sie am Telefon und weiß schon von Pauls Mutter, daß Olivia mitgefahren ist.

Was soll das? fragt Gabriele.

Sie will hier etwas schreiben, sagt Paul.

Gabriele ist wütend, und Paul weiß, daß sie recht hat, deswegen fällt ihm auch keine Antwort ein. Olivia sitzt in dem Zimmer, in dem sie geschlafen haben, raucht und scheint tatsächlich etwas zu schreiben. Mittags kommt Martina, Pauls Schwester, schlecht gelaunt und macht Paul ebenfalls Vorwürfe wegen Olivia.

Am Nachmittag ist der Notartermin, es ist Sonntag, aber der Notar arbeitet trotzdem, der Käufer ist ein junger Mann aus Mont-le-Marsan, und keiner weiß, was er mit dem Hotel vorhat. Wahrscheinlich benutzt er es als Abschreibungsobjekt, wäscht damit Geld oder reißt es nächste Woche ab, um auf dem Grundstück Apartments zu bauen. Jedenfalls hat er das Geld beim Notar eingezahlt, und Pauls Eltern unterschreiben. Sie wollen die Wohnung kaufen, Paul und Martina sollen jeder sechshunderttausend Francs bekommen, der Rest soll in Wertpapieren angelegt werden. Martina hat sich dafür entschieden, ein Restaurant in St.-Jean-de-Luz zu pachten, das ist nicht weit weg, und sie kann ab und zu herkommen, oder die Eltern können einen Ausflug zu ihr machen. Paul wird das Geld nächste Woche von dem Notar angewiesen bekommen, das haben sie festgelegt.

Diesmal ruft er Gabriele gleich an, um ihr den Ausgang der Prozedur zu erzählen. Sie können am Wochenende anfangen, in Leipzig zu suchen. Das Geld wird nicht ganz reichen, aber sie werden den Rest abzahlen. Paul verspricht, am Dienstag abend in Amsterdam zu sein, ohne Olivia. Gabriele ist nicht mehr wütend, aber schweigsam.

Es bleiben ihnen noch dieser Abend, der Montag, die letzte Nacht und die Rückfahrt, das hat Paul sofort ausgerechnet. Er ist eigentlich viel zu müde, um zu Olivia zu gehen. Sie essen zusammen im Hotel, zum letzten Mal, der Koch hat ein Abschiedsmenu für sie inszeniert, und Pauls Vater hat seine geheimen Weinreserven angebrochen. Trotz der Trauer der Eltern wird die Stimmung besser. Martina freut sich auf ihr Restaurant, Paul denkt an Leipzig, und Olivia sagt jedem etwas, das er gern hört, ja sie spricht sogar davon, länger zu bleiben. Sie trinken alle ziemlich viel, und Martina bietet Olivia an, nach St.-Jean zu kommen und vielleicht im Restaurant mitzuarbeiten. (Natürlich ist das nicht ernst gemeint, aber Olivia scheint diese Idee zu bedenken und zu prüfen.) Sie wollen morgen zusammen dorthin fahren und Martinas Restaurant ansehen.

Sie sind sehr spät im Bett, und Paul macht sich Gedanken, wegen Olivias Reden. Er achtet darauf, daß das Kondom richtig sitzt. Olivia schreit so laut, als wolle sie unbedingt, daß die anderen sie hören.

Sie schlafen lange, und diesmal steht Paul nicht als erster auf und geht weg. Nach dem Frühstück bringen sie Martina nach St.-Jean, und sie sind alle drei ausgelassen. Martina erzählt die obszönen Witze der Köche, und manchmal muß Paul Olivia eine Redewendung erklären. Es ist diesig, das Restaurant liegt wunderschön, direkt am Hafen, es muß renoviert werden, aber Martina will nur den ursprünglichen Zustand wiederherstellen, nichts verändern.

Paul ruft Gabriele an, sie hat mit einem Makler einen Termin für Samstag vereinbart, es geht also los. Sie ist immer noch beleidigt.

Auf der Rückfahrt ist Olivia traurig und schweigsam, liegt es daran, daß Martina heute nicht mehr von ihrer Idee gesprochen hat? Sie antwortet nicht, und Paul gibt es auf, nachzufragen.

Pauls Vater ist damit beschäftigt, die Dinge und Papiere zusammenzutragen, die er nicht dem neuen Besitzer überlassen will.

Der ist ein Schlitzohr, sagt er immer wieder. Der hat uns über den Tisch gezogen.

Abends sitzen sie in ihrem Zimmer, das andere haben sie nicht benutzt, und trinken Rotwein.

Hast du wirklich einen Artikel geschrieben? fragt Paul.

Ich schreibe etwas über dich, sagt Olivia. Wie einen langen Brief an dich. Ich habe schon reichlich Material.

Das würde ich gern lesen, sagt Paul.

Sie schweigen nur noch, ab und zu greift einer nach seinem Glas, einmal holt Paul eine neue Flasche und etwas Brot. Es ist ihre letzte Nacht, aber als sie zusammen im Bett liegen, regt sich keiner mehr. Es ist, als habe Olivia resigniert, als wisse sie, daß sie ihre Mühe vergeudet habe und aufhören könne. Paul ist erschöpft und denkt an die lange Fahrt, die sie vor sich haben. Sie liegen dicht beieinander, aber sie frieren beide, Olivia bewegt sich nicht, als Paul sie berührt, sie hat den Arm über ihr Ohr gelegt, als wolle sie nichts mehr hören und nichts mehr spüren.

Um fünf weckt sie Paul. Sie sitzt auf der Bettkante und zieht sich an, er hat Kopfschmerzen und Schwierigkeiten, aufzustehen. Seine Eltern sind schon wach, sie tun ihm leid, wie sie mitten zwischen den aufgetürmten Dingen umherhuschen, die sie mitnehmen wollen. Pauls Vater hat für ihn einen Karton mit Andenken an ihr altes

Hotel gepackt, die Paul nicht gebrauchen kann, er muß seinen Vater überreden, das Zeug hierzulassen. Er umarmt seine Eltern, das nächste Mal wird er sie in der neuen Wohnung wiedersehen, und es ist, als müsse er selbst sich von dem Hotel verabschieden, von seiner Kindheit und Jugend, und als werde er jetzt erwachsen, da es diese Zuflucht nicht mehr gibt. (Oder als sei er erst in der Zeit in Amsterdam erwachsen geworden.)

Ihr seid alle sentimental in eurer Familie, sagt Olivia. Bei uns kam der Gerichtsvollzieher.

Gut, daß du so ein hartes Herz hast, denkt Paul.

Wo soll ich dich rauslassen? Paris?

Ich glaube, ich fahre mit nach Amsterdam.

Olivia, es ist Schluß. Wir müssen uns verabschieden.

Jetzt erst merkt Paul, welchen Abschied er vor sich hat.

Klar, sagt sie.

Sie essen einmal an einer Raststätte, aber es ist nicht wie auf der Hinfahrt. Es ist ein spöttischer, sarkastischer Ton eingedrungen, den sie beide benutzen, um sich zu verbergen.

Sag mir Bescheid, wenn was von dir in der Zeitung erscheint, sagt Paul. Was machst du denn als erstes?

Kirchenkonzert, zwei Lesungen. Kommst du am Samstag zu mir?

Olivia, es geht so nicht weiter. Ich nehme ein Hotelzimmer, ich muß morgen mit dem Makler verhandeln. Es ist besser, wir machen eine Pause.

Das ist schon ein Zugeständnis, von Pause war ja nicht mehr die Rede.

Du könntest Sonntag mit in das Konzert kommen, sagt sie. Ich glaube sogar, das ist mit Jessye Norman, eine Benefizsache. Du findest sie doch gut.

Ich rufe dich Samstag an, sagt Paul, obwohl er weiß, daß das falsch ist, sie wird auf seinen Anruf warten, und er wird doch nicht mitkommen.

Liebst du eigentlich Gabriele noch?

Ja, sagt Paul. Kein Zweifel. Und Bérénice.

Sie stehen in Paris lange im Berufsverkehr und sind erst um zehn in Amsterdam. Paul läßt Olivia am Hauptbahnhof raus.

Sie sieht ihn nicht einmal mehr an, sagt nichts und steigt einfach aus, offenbar ist das ihre Art, nicht anzuerkennen, daß dies ein Abschied ist, oder in Paul das Bedürfnis zu wecken, den wirklichen Abschied nachzuholen.

Ich rufe dich an, sagt er zum zweiten Mal, aber sie antwortet nicht.

Er weiß nicht, ob jetzt noch ein Zug Richtung Leipzig fährt, wahrscheinlich ist es zu spät, und sie kommt nur bis Köln. Aber er fährt sofort nach Hause.

18

Die Wohnung ist leer, das ganze Haus dunkel, der Kinderwagen weg, es ist so kalt, als sei schon tagelang niemand mehr dagewesen. Gabriele hat keine Nachricht hinterlassen, aber Paul sieht, daß sie planmäßig gepackt hat, viele Sachen von Bérénice, mehrere Paare Schuhe, die Fläschchen für die Milch. Die Vermieter sind nicht da, auch das Kindermädchen nicht, das seit einiger Zeit ab und zu auf Bérénice aufpaßt. Pauls erster Impuls ist, Olivia vom Bahnhof zurückzuholen, aber er setzt sich auf Gabrieles Bett und vergißt eine Sekunde lang, wo er ist. Sie kommen sicher wieder zurück, vielleicht waren sie nur in Zandvoort. Er ist zum ersten Mal ganz allein in diesem Haus.

Nach einer Flasche Wein ist ihm übel, er hat lange nichts gegessen, aber er schläft ein, in seinen Sachen. Um eins ruft er in Hannover an, Gabriele ist nicht dort, er hat die Eltern geweckt und verstört.

Sie sind ausgezogen, denkt Paul. Sie hat ganz recht. Er hat nicht genug erklärt. Er hat sich selbst nicht erklärt, was er tut. Nach der zweiten Flasche Wein übergibt er sich, dann duscht er und schläft bis vier. Er riecht an Gabrieles Kopfkissen und denkt an das erste Mal, als sie ihm aufgefallen ist, in seinem Seminar. Er ist sicher, daß sie damals etwas Weißes getragen hat, aber sie behauptet, das stimme nicht. Er sieht sie in einem weißen Oberteil durch die Tür eintreten.

Sie kommen nicht mehr zurück, denkt er. Vielleicht ist etwas passiert.

Er bleibt den ganzen Tag in der Wohnung, niemand ruft an, er spricht mit Boris, mit Gabrieles Freundin in Köln, sie wissen nichts.

Paul ist zu weit gegangen, das sieht er ein.

Am Nachmittag kommen die Vermieter zurück, Gabriele und Bérénice sind dabei, sie waren bei den Großeltern in Leiden. Das ist alles. Paul trägt Bérénice nach oben. Gabriele spricht nicht mit ihm. Paul geht spazieren, bis die beiden im Bett sind.

Gabriele tut, als ob sie schläft, sie läßt Paul spüren, daß sie nicht mit ihm sprechen will. Das bleibt den ganzen nächsten Tag so, und er wartet auf ein Signal, ein Zeichen, das ihm sagen könnte, was er machen soll. Gabriele spricht laut mit Bérénice, so daß Paul es hört, und teilt ihm alles auf diese Weise mit. Sander hat angerufen, Paul soll seine Seminarthemen einreichen. Es sind vier Hausarbeiten von Studenten angekommen, die alle einen Schein wollen. Paul ist es, als habe er die Namen zuletzt vor Jahren gehört und gelesen. Im Grunde wartet er auf eine Nachricht von Olivia.

Gabriele tut, als könne sie ihren Blutkreislauf kontrollieren, verlangsamen, einfrieren, wie ein Tier beim Winterschlaf, ein Reptil, eine Schildkröte.

Ich verstehe, daß du wütend bist, sagt er abends zu Gabriele.

Sie antwortet nicht.

Sollen wir immer noch die Wohnung kaufen?

Du machst dieser Frau Hoffnungen. Du nimmst sie mit zu deinen Eltern. Du meinst es ja doch nicht ernst.

Das ist so grundsätzlich, sagt Paul.

Ich weiß auch nicht, wie lange ich noch zusehen will.

Ich will nicht, daß wir uns trennen, sagt Paul.

Er ist erleichtert, daß das Schweigen beendet ist. Er ist erleichtert, daß Gabriele von Olivia spricht.

Ich mache Schluß, sagt er.

Du glaubst doch nicht, daß wir unsere Pläne wegen ihr ändern werden?

Ich fliege am Freitag oder Samstag, sagt Paul. Und wenn ich was sehe, was mir gefällt, kommst du einfach nach und läßt Bérénice in Hannover.

Du scheinst nicht zu sehen, was du tust, sagt Gabriele. Wer weiß, was Olivia noch alles unternimmt.

Ich sehe auf jeden Fall, was du, sagt Paul nach dem letzten Glas und schläft über diesem unvollendeten Satz ein.

Olivia meldet sich die ganze Woche nicht. Natürlich ist das besser für sie, aber Paul wüßte gern, ob sie wieder in Leipzig ist. Er entwirft seine Seminarthemen, korrigiert die Hausarbeiten, telefoniert mit Maklern. Manche stellen von vornherein Preisnachlässe in Aussicht, mietfreie Monate, scheinen so froh, überhaupt einen Interessenten zu haben, daß sie anbieten, ihn vom Flughafen abzuholen, eine Hotelübernachtung zu übernehmen, die Details bei einem Essen zu besprechen. Die Preise sind stark gefallen und fallen immer noch, man kann hart verhandeln und sie weiter drücken. Paul nimmt sich vor, geschickt und gerissen zu sein.

Die erste Wohnung, die er Samstag mittag besichtigt, ist genauso, wie sie es sich vorgestellt haben. In der Leipziger Innenstadt gelegen, in einer ruhigen Straße, großzügig saniert. Aber bei dreihundertdreißigtausend muß man nicht unbedingt zusagen. Paul hat noch mehrere Adressen vor sich. Die übertrieben höflichen Makler, die ihn mit seinem Doktortitel ansprechen, gehen ihm auf die Nerven. Die anderen Wohnungen sind nicht mehr so schön wie die erste, und Paul telefoniert mit Gabriele. Sie kommt Montag, um diese eine zu besichtigen. Morgen hat er noch zwei andere Termine, aber heute? Er geht am Institut vorbei und wirft seine Seminarankündigungen in Sanders Briefkasten.

Dann spaziert er langsam in Richtung von Olivias Wohnung. Er ist Gabriele dankbar, daß sie ihn nicht mehr gefragt hat, was er am Abend macht. Olivia ist sowieso nicht da. Er sieht kurz in ihr Zimmer, steht vor dem Mantel mit den Messingknöpfen, der vertrauten Unordnung, sie ist wieder hiergewesen. Er betrachtet ihr ungemachtes Bett, die Bücherstapel, die Stiefeletten, die sie in Frankreich getragen hat, so als könne er noch irgend etwas über sie erfahren, das ihm helfe, sie zu verstehen. Er legt einen Zettel auf ihren Schreibtisch, auf den er schreibt, daß er da war. Vom Hotelzimmer aus versucht er mehrmals, sie anzurufen, bis die Mitbewohnerinnen so genervt sind, daß er aufgibt.

Er sieht die beiden Wohnungen an, die eine hat zu viele Durchgangszimmer, die andere ist an einer lauten Kreuzung, und er hält die erste für die beste. Man müßte nur den Preis herunterhandeln. Olivia ist noch nicht zurück, und Paul geht in das Restaurant, in dem sie bedient hat. Sie ist nicht da, er ißt eine aufgewärmte vegetarische Lasagne, und als er nach ihr fragt, erfährt er, daß sie aufgehört habe, hier zu arbeiten.

Am Nachmittag sucht er die Kirche, in der das Konzert sein soll. Er kommt zu spät, die ersten Besucher begegnen ihm schon am Eingang, zwar hört er noch Orgelmusik und Gesang, aber das ist wohl die Zugabe. Dann hört er ganz leise Jessye Norman die »Zueignung« singen, oder bildet er sich das ein? Er steht lange in dem kalten Wind vor der Kirche und hört zwei oder drei weitere Zugaben, er wartet auf Olivia. Sie kommt zum Schluß, ist außer Atem, als wäre sie gelaufen, und als er auf sie zugeht, scheint sie ihn nicht zu erkennen. Beinahe wäre sie an ihm vorbeigerannt, so schnell versucht sie, aus der Menge zu entkommen, Paul hält sie am Ärmel fest, und sie sieht ihm endlich in die Augen.

Was ist los, warum bist du nicht früher gekommen, sagt sie.

Ich habe, ich wollte nur sehen, wie es dir geht, sagt Paul.

Olivia wendet sich ab.

Ich muß heute nacht den Artikel schreiben, sagt sie. Ich war gern mit dir in Frankreich, schade, daß alles vorbei ist.

Ich komme ein Stück mit dir!

Olivia läuft wieder beinahe, sie friert, sie trägt nur ihre Webpelzjacke.

Was macht die Wohnung?

Ich habe vielleicht was, wir müssen den Preis noch diskutieren, morgen kommt Gabriele.

Du wolltest doch im Hotel schlafen?

Ja klar, ich habe ein Zimmer, du kannst arbeiten, ich bringe dich nur bis nach Hause.

Das mit dem Stipendium habe ich abgesagt.

Was?

Ich will damit nichts zu tun haben, die haben einen Fragebogen geschickt von fünf Seiten. Was die alles wissen wollen, über meine Eltern und so. Ich höre sowieso auf mit dem Studium.

Du bist verrückt. Was hast du getan?

Ich habe einfach geschrieben, daß ich nicht auf einen Abschluß hin studiere.

Olivia, du kannst das Geld doch gebrauchen. Du wirfst es einfach zum Fenster raus. Du mußt nicht alle Fragen beantworten.

Du hättest mir das ja vorher sagen können. Ich will nicht mehr.

Paul hat das Gefühl, daß er besser nicht weiterbohren sollte. Sie laufen schweigend nebeneinander her, als ob es darum ginge, wer dieses Tempo länger durchhält.

Vielleicht schreibe ich Sander einen Brief, sagt sie.

Paul erschrickt, aber er hofft, daß sie das nicht ernst meinen kann. Sie will ihm nur einen Stich versetzen.

So klein bist du nicht, sagt er.

Sie antwortet nicht.

Ich gehe dann, sagt Paul, als sie vor ihrem Haus angekommen sind, inzwischen beide außer Atem.

Ich rufe dich an, wenn ich fertig bin.

Paul gibt ihr die Nummer des Hotels und seine Durchwahl.

Wir fahren morgen abend wieder nach Hannover, sagt er.

Tschüs, sagt sie.

Mach's gut, sagt Paul und dreht sich um.

Er hört, wie die Haustür ins Schloß fällt.

19

Paul sieht aus dem Fenster des Hotelzimmers und sucht das Leuchten, das er nachts vom Institut aus gesehen hat. Es ist hier nur ganz schwach zu erkennen, und auch das dumpfe Hämmern hört er nicht. Er denkt an die Nächte in seinem Dienstzimmer, diese Zeit ist schon vorbei, es kommt ihm vor, als sei er fast glücklich gewesen, wenn er dort lag und das Licht schimmerte, trotz seiner Enttäuschung wegen Olivia. Er denkt an sein Gefühl der Erwartung, der Hoffnung. Er denkt an die Zeit des Wünschens. Er kann nicht einschlafen, er wäre lieber in seinem Schlafsack auf der Liege im Institut. Dort zu wohnen, in dem sogenannten Musikerviertel, das kommt ihm ideal vor. Nachts den Lichtschein wahrzunehmen, die Geräusche zu hören und nur ein paar Meter vom Institut entfernt zu sein.

Kurz nach drei wird Paul wach, weil das Telefon klingelt. Eigentlich ist es eher ein jammernder, gequetschter Ton. Zuerst denkt er, er ist in Köln. Dann spürt er die glatte, künstlich harte Bettwäsche des Hotels. Es ist Olivia.

Hast du da eine Badewanne? fragt sie.

Was ist denn los?

Ich muß dringend baden, bei uns ist kein heißes Wasser. Ich dachte, ich komme rüber zu dir, und wir baden zusammen.

Jetzt?

Paul weiß, daß das eine wenig schlagfertige und ausweichende Frage ist.

Und was macht dein Artikel?

Fertig. Soll ich den mitbringen? Du kannst ihn lesen.

Ich meine, faxt du ihn jetzt nach München oder was machst du damit?

Paul findet die Aussicht, mit Olivia in der Badewanne zu sitzen, verlockend.

Das mache ich morgen früh. Also was ist?

Ich würde dich gerne sehen, Olivia, aber wir können das nicht fortsetzen. Du könntest mir den Artikel vorlesen.

Du hast doch gesagt, ich soll dich anrufen. Das war das letzte Mal.

Es ist wie so oft, denkt Paul und kommt sich ungerecht vor. Es ist nichts Besonderes. Olivia hat sich kleine Rechte ausgedacht, die sie einklagt.

Wir können zusammen frühstücken, schlägt er vor.

Weißt du eigentlich selbst, was du willst? Warst du überhaupt in mich verliebt?

Es hat keinen Sinn, denkt Paul.

Wenn du willst, kannst du den Artikel auch ans Hotel faxen oder ans Institut, dann lese ich ihn schnell, bevor du ihn abschickst.

Danke, ich komme schon klar, sagt Olivia und legt auf.

Paul ist froh, daß das Gespräch vorbei ist. Er trinkt zwei Gläser Wein. Er schläft sogar wieder ein. Er denkt an seine Wünsche und an die Erfüllung. Was war wichtiger? Das Gefühl, daß jederzeit etwas Überraschendes, etwas willkommen Überraschendes passieren kann?

Zehn Minuten später klopft es an der Zimmertür.

Wie siehst du denn aus? fragt Olivia.

Übertreibt sie? Ist es wirklich so schlimm?

Er setzt sich auf einen Hocker, der im Bad stand.

Ich kriege eine Erkältung, das ist alles.

Olivia schüttelt den Kopf. Dann streicht sie mit den Fingerspitzen über sein Gesicht. Sie sieht gut aus, sie hat einen gesunden Teint, glatte Haut, vielleicht hat sie noch etwas zugenommen, das steht ihr. Sie zieht ihren Mantel aus und legt ihn auf den Boden.

Du bist furchtbar blaß, sagt sie. Und du hast abgenommen.

Das ist bestimmt ein Infekt, dagegen kann man nichts machen.

Olivia geht durch das dunkle Zimmer, schaltet nacheinander die Lampen aus, sieht aus den Fenstern, sie läßt irgendwo ihre Schuhe stehen und läuft in Strümpfen über das Parkett. Am längsten bleibt sie im Badezimmer.

Und eure Wohnung? fragt sie. Sechs Zimmer?

Paul sitzt wieder auf seinem Bett, er schaut zu Olivia auf, die vor einem der großen Fenster steht, er sieht nur ihren Umriß, die Silhouette einer ernsten Frau, die nicht fähig ist, zynisch zu sein.

Habt ihr die jetzt gekauft?

Noch nicht.

Habt ihr euch das gut überlegt?

Ja sicher, sagt Paul. Wir wollen hier bleiben.

Ich gehe weg von Leipzig, sagt sie. Solange es mit der Süddeutschen sein muß, bleibe ich hier, vielleicht habe ich die Chance, woanders hinzukommen.

Nach Frankreich?

Irgendwo, wo französisch gesprochen wird, es gibt ja noch mehr Länder.

Olivia setzt sich zu Paul auf den Schlafsack.

Steck dich nicht an, sagt er.

Sie legt ihre Handflächen auf seine Knie und atmet schneller.

Paul, sagt sie.

Er kann sich nicht erinnern, daß sie jemals nur so seinen Namen gesagt hat.

Ich bin krank, sagt er.

Er nimmt ihre Hände, die sich warm anfühlen, trokken, weich.

Warum war das so schön, diese Reise? fragt sie.

Wir wußten, daß es die einzige sein würde.

Es ist, als hätten sie eine lange Vergangenheit, einen Vorrat gemeinsamer Erinnerungen, die sie nur wachzurufen brauchen, um sich an ihre Liebe zu erinnern.

Das Telefon klingelt.

Ich gehe wieder, sagt Olivia, steht aber nicht auf.

In den nächsten Minuten spürt Paul ihre Hände, er merkt, wie etwas durch ihre Fingerspitzen hin und her fließt, das sie sich anders nicht mitteilen können, ihre

Energie, ihre Gemeinsamkeit. Olivia bleibt lange so sitzen, als müßten sie sich gegenseitig aufladen, um die nächsten Jahre überstehen zu können. Jetzt ist es ehrlich, was sie austauschen, nicht nur gut gemeint und trotzdem (gerade deswegen) verletzend.

Sie teilen sich eine halbe Flasche Rotwein, die Paul übrig hat, er verträgt kein Bier wegen der Kohlensäure. Es ist warm im Zimmer, Paul hat die Heizkörper aufgedreht, und Olivia zieht ihren Pullover aus. Paul möchte noch einmal ihren Rücken berühren, unter dem T-Shirt, sie trägt nie einen BH, und er streichelt leicht die weiche Haut über den Wirbeln. Er kann ihr Gesicht nicht sehen, sie hat den Kopf gesenkt, und ihre Haare hängen in die Augen, er streicht sie zurück, aber sie schüttelt sie wieder nach vorn.

Wie oft haben wir uns jetzt verabschiedet? fragt sie.

Olivia holt ihre Schuhe, ihren Mantel und läuft im Dunkeln nach unten, so plötzlich, wie sie gekommen ist.

Morgens findet Paul ihren Pullover, den sie vergessen oder mit Absicht dagelassen hat.

Beim Frühstück rechnet er jeden Moment damit, Olivia hereinhetzen zu sehen. Aber sie kommt nicht, auch ihren Artikel hat sie nicht gefaxt. Er geht kurz im Institut vorbei, dort ist niemand, er kann nicht an das Faxgerät, in seinem Fach liegen zwei weitere Hausarbeiten.

Um elf kommt Gabriele, sie ist mit dem Nachtzug nach Hannover gefahren, hat Bérénice abgegeben und ist gleich weiter. Sie sieht gut aus, Paul würde sie sofort schön und interessant finden, wenn er sie jetzt zum ersten Mal sähe, sie wirkt jung, er fragt sich, was er eigentlich von Olivia wollte. War es der Drang, etwas zu gestehen, zu berichten, warum sollte sie diejenige sein, das alles anzuhören? Ist etwas an ihm, das Gabriele nicht wahrhaben will, das er ihr nicht erzählen kann? Was sucht er?

Er liebt Gabriele, das wird ihm wie ein Blitz klar. Er hätte mit Olivia über seine Liebe zu Gabriele sprechen müssen. Oder was ist das, das ihn an Gabriele bindet und bei Olivia nicht bleiben läßt? (Er will nicht ihr Beschützer sein, aber das ist nicht alles.)

Was macht Bérénice?

Gabriele umarmt ihn, und Paul riecht den vertrauten, frischen Geruch ihrer Haut, im Nacken riecht sie ein bißchen nach Schweiß. Ihr Hals ist warm.

Was ist mit Olivia?

Paul umarmt sie von sich aus noch mal.

Es ist vorbei, sagt er.

Er fröstelt, auf einmal hat er Halsschmerzen, und ihm ist übel, so als habe er etwas Verdorbenes gegessen.

Du trinkst in letzter Zeit zuviel, sagt Gabriele.

Ich bin einfach erschöpft, sagt er. Ich bin froh, wenn wir endlich irgendwo bleiben können.

War es nur das Ausbrechen nach dem geduldigen Ausharren? Das Risiko oder die Sicherheit? Das Nebeneinander-Leben oder das Getrennt-Sein?

Gabriele geht mit strengem Gesicht durch die Wohnung, fragt zu vielen Details etwas, das der Makler nicht weiß, zeigt auf schlecht verlegte Dielen, auf übertrieben wulstigen Stuck, auf eine feuchte Stelle an der Wand. Paul sucht die Toilette, er setzt sich einfach auf den Dekkel und wartet ab, bis ihm besser wird. Der Makler tut ihm leid, er ist jung, vielleicht fünfundzwanzig, und sieht aus, als habe er noch nie etwas verkauft. Gabriele geht alle sechs Zimmer ab, es sind hundertsiebzig Quadratmeter, und sie bleiben fast zwei Stunden.

Wäre das nicht das Richtige für uns? fragt Paul, aber Gabriele lächelt nur spöttisch.

Sie läßt sich eine genaue Aufstellung der Nebenkosten machen.

Tja, die Wohnung ist nicht schlecht, sagt sie schließlich. Aber eigentlich zu groß. Haben Sie nichts Kleineres in der Art?

Paul würde den Makler am liebsten trösten, der in seinem steifen Anzug noch immer versucht, zu lächeln und Gabriele recht zu geben. (Das haben sie in ihrem Einführungsseminar gelernt.)

Er weist noch mal auf die neuen Holzfenster hin, die alle Wärme- und Schallschutznormen übertreffen.

Wissen Sie, zweihundertfünfzigtausend ist die Wohnung schon wert, aber mehr zahlen wir nicht. Die Preise fallen ja, dann warten wir lieber noch. Wir sind nicht unter Zeitdruck.

Der Makler schiebt die Unterlippe vor.

Ab dem Frühjahr ziehen die Preise wieder an, sagt er. Jetzt ist die letzte Gelegenheit.

Wir lassen dann von uns hören, sagt Gabriele.

Paul schüttelt den Kopf, aber sie verabschiedet sich.

Ist das nicht Wahnsinn? fragt sie draußen. Sechs Zimmer? Diese hohen Räume. Gasheizung. Die nehmen wir.

Wenn du dich so verhältst, kriegen wir die gar nicht.

Es gibt doch keine anderen Interessenten, merkst du das denn nicht? Die melden sich von selbst wieder.

Wir haben das Geld nicht, sagt Paul.

Wir kriegen doch einen Kredit vom Land und die Eigenheimzulage, ich habe mich genau erkundigt. Das kommt gerade hin.

Paul weiß einen Moment lang wieder nicht, wo er ist.

Ich finde keine Lösung, sagt er, ohne daß er erklären könnte, was er damit meint.

Der Zug ist überfüllt, und sie haben Schwierigkeiten, Plätze zu finden. Erst im Speisewagen ist etwas frei. Als Gabriele einen Wurstsalat bekommt, läuft Paul zur Toilette und übergibt sich. Es ist, als hätte er selbst diesen Salat gegessen. Das kann nur die vegetarische Lasagne gewesen sein, denkt er. Er hat Schüttelfrost. In Hannover nehmen sie ein Taxi, aber Paul befürchtet die ganze Zeit, daß er sich noch mal erbrechen muß. Er legt sich sofort hin, Gabriele zieht mit Bérénice nach oben, Paul schafft es nicht einmal, Wasser zu trinken, so groß ist sein Ekel. Er hat starkes Fieber, aber er weigert sich, es messen zu lassen, er kann das kalte Fieberthermometer am Körper nicht ertragen.

Er schläft manchmal, dann dreht er sich wieder herum, und Gabriele steht in der Tür. Er kann kaum sprechen, seine Zunge und sein Mund fühlen sich geschwollen an.

Hast du Schmerzen? fragt Gabriele.

Er nickt, obwohl er etwas anderes sagen möchte.

Wieder später ist es, als habe Olivia ihn gerufen, aber als er Gabrieles Gesicht sieht, weiß er, daß er selbst ihren Namen gesagt hat. Es ist ein Rückfall, er spricht mit Olivia, er erklärt sich. Er macht sich wieder Hoffnungen, sie mit seiner Offenheit zu erreichen. Er wünscht sich, daß sie ihm nichts nachträgt.

Ich war glücklich, als ich mit dir in Dax war, sagt er.

Es ist, als ob das jemand anderes sagt. Was meint er damit?

Ich war so glücklich, als ich auf dich gewartet habe.

Paul kann nicht zurück nach Amsterdam fahren, er kann gerade bis zur Toilette gehen und sich übergeben. Die Übelkeit hört nicht auf. Er schwitzt und trinkt, er fiebert, immer steht jemand neben seinem Bett, mit dem er nicht gerechnet hat, Gabrieles Mutter, und sieht ihm zu. Gabriele bleibt mit Bérénice oben, sie haben nichts zum Anziehen dabei, Paul muß Schlafanzüge von Gabrieles Vater tragen. In zwei Stunden hat er einen durchgeschwitzt. Ein Arzt kommt und will ihn zur Beobachtung ins Krankenhaus bringen, aber Paul wehrt sich. Gabriele hilft ihm.

Wenn er schläft und schwitzt, läuft das Wasser über sein Gesicht, er hört es tropfen und plätschern, er träumt, er sitze in der Badewanne, mit Olivia. Dieser Traum läßt ihn nicht los, er sieht sie so dicht und auffordernd vor sich sitzen, er spürt die Bewegungen, die sie im Wasser macht, er sieht die Farbe ihres Bauchs, sie berührt ihn, und er wird wach. Schnell muß er den Schlafanzug ausziehen, das Bettzeug ist durchnäßt, er schafft es nicht, das zu wechseln, und legt sich wieder hin.

Jedesmal, wenn Gabriele ihm zu Trinken bringt, fragt er, ob es etwas Neues gibt, er meint, von Olivia, sie spricht von ihrer Bewerbung, von der Wohnung, von Béré.

Einmal träumt er, Olivia habe überall von ihm erzählt, und er müsse Sander gegenüber alles zugeben. Wieder verliere er seine Arbeit. Er wird davon wach, daß er selbst laut »Nein, nein!« gerufen hat. Dann wird ihm klar, daß die Gefahr real ist, daß er sich wirklich auf eine Affäre eingelassen hat, die bekannt werden könnte. Im Moment ist ihm das egal. Er will nur keine schwere Krankheit haben, nur wieder gesund werden.

Die Entzündung in seinem Mund ist so schlimm, daß er vor Schmerzen nicht schlafen kann. Er kann mit Mühe angewärmtes Wasser trinken, alles andere brennt höllisch. Gabriele fährt mit ihm in die Universitätsklinik, und er glaubt, sie werden ihn dort behalten, er muß sterben, sich verabschieden. In der Hals-Nasen-Ohren-Abteilung sind sie unsicher. In der Zahnklinik rät ihm der Arzt, Orangensaft zu trinken, Vitamin-C-Pulver auf die Stellen zu streuen. Er verschreibt ihm ein starkes Schmerzmittel. Nach einem Teelöffel von dem Pulver hat Paul das Gefühl, er schaffe es nicht, aber er versucht es immer wieder, und allmählich hält er es aus. Die Schmerzen lassen nach, nur die Übelkeit bleibt, aber er trinkt Milch oder Brühe und behält sie bei sich.

Paul ist schon eine Woche krank, er hat nicht gemerkt, wieviele Tage vergangen sind. Gabriele war in Amsterdam, um Sachen und die Post zu holen. Sie hat mit Suzanne telefoniert und mit den Maklern, sonst gibt es nichts Neues. Gabriele fährt nach Leipzig, und sie sind mit Bérénice allein, die zum ersten Mal herunter darf und ihn fragt, ob er wieder gesund ist. Paul setzt sich im Bett auf und lacht. Er hat die ganze Zeit keinen Alkohol getrunken.

Am Abend bekommt er Besuch von Suzanne. Sie sitzt plötzlich neben Pauls Bett und lächelt ihm zu. Ihm ist es zuerst unangenehm, daß sie ihn so sieht, mit ungewaschenen Haaren, unrasiert, im Schlafanzug, im Bett, mit seinem Mundgeruch.

Dann erzählt er von Olivia.

Ihr seid euch so ähnlich, sagt er.

Suzanne hat die Süddeutsche Zeitung dabei, und Paul bittet sie, ihm das Feuilleton dazulassen. Er hat sofort gesehen, daß ein Artikel von Olivia darin ist, ihr Kürzel ist »osch«.

Ich glaube, ich habe einen großen Fehler gemacht, sagt Paul, aber dann ist Suzanne gar nicht mehr da, und Gabriele sitzt neben seinem Bett.

Paul ist bei Suzannes Besuch eingeschlafen, er hat die Zeitung in der Hand, naßgeschwitzt.

Ich glaube, wir nehmen die Wohnung, sagt Gabriele. Sie ist frei, wir können sofort einziehen, die gehen auf zweihundertachtzigtausend runter, vielleicht auf zweihundertsiebzigtausend. Sobald du gesund bist, fahren wir zum Notar. Mit der Wohnung können wir gar nichts falsch machen.

Paul nickt, er weiß nicht, welcher Tag heute ist, es ist wohl Abend, er möchte am liebsten nur schlafen. Gabriele bringt ihm frischen Orangensaft.

Er bewundert Gabriele, weil sie so großzügig ist, weitsichtig, gelassen, klug. Die Wohnung soll auf beide Namen eingetragen werden, ihnen zusammen gehören, das ist günstiger.

Später liest er Olivias Artikel über eine Ausstellung. Sie schreibt ein wenig forsch, in kurzen Sätzen, kaum polemisch. Aber sie hat diesen leicht überheblichen, beinahe angewiderten Ton, als sei der Gegenstand eigentlich nicht wert, darüber viele Worte zu verlieren. Offenbar ist das der Stil, der im Feuilleton ankommt. Dies muß schon ihr dritter oder vierter Artikel sein, sie ist über den Probetext hinausgekommen, denn es gibt sogar einen Leserbrief zu einem ihrer früheren Artikel über eine Lesung. (Jemand beschwert sich.)

Gabriele fährt wieder nach Amsterdam, sie ist nur noch unterwegs, sie ruft an, das Geld aus Frankreich ist da, und sie können die Wohnung kaufen. Gabriele hat sich auch um den Kredit und die Zulage gekümmert. Paul liegt in seinem Bett, in einem Regal steht ein Bildband mit dem Titel »Hannover 96«, den er während seiner gesamten Krankheit angestarrt hat, jetzt erst begreift er, daß es um eine Fußballmannschaft geht. Er ist ruhig, und ihm ist völlig gleichgültig, was mit der Wohnung passiert. Seit er keine Schmerzen mehr hat, ist er mit allem einverstanden, das auf ihn zukommt.

Gabriele bringt drei Briefe für ihn mit. Die Gründung der Akademie in Dresden wird verschoben. Paul hat wegen der Koordinierungsstelle ein Gespräch in Düsseldorf. Der dritte Brief ist von Olivia. Er ist schon eine Woche alt. Sie hat ihm ihren ersten Artikel beigelegt. Sie bedankt sich für seine Hilfe, sie ist als feste freie Mitarbeiterin bei der Süddeutschen Zeitung angenommen. Es ist wieder so, als habe ihr jemand diktiert, einen möglichst sachlichen, neutralen Brief zu schreiben, nichts Persönliches. Sie hat sich entschlossen, das Studium abzubrechen, aber sie möchte das nicht begründen. (Du bist immer noch ein Kind, denkt Paul.) Ihre Schrift ist die eines Mädchens, das seine eigene Bedeutung nicht kennt, das sich nicht zutraut, einen wichtigen Satz zu äußern. Paul würde sie am liebsten sofort anrufen. Sie hat weder Grüße noch sonst ein Schlußwort gefunden. Ihr erster Artikel ist milder, menschenfreundlicher, einfühlsamer.

Vielleicht hat sie mich gar nicht geliebt, denkt Paul. Vielleicht kann sie gar nicht lieben. Vielleicht konnte ich nicht lieben. Vielleicht nur in der Phantasie. Vielleicht kann ich es jetzt.

Weißt du noch, sagt er zu Gabriele, als du zu mir ins Seminar gekommen bist?

Sie lachen beide.

Wolltest du da schon was von mir oder nicht?

Ach klar, sagt Gabriele. Eine Freundin hatte mir von dir erzählt.

Paul weint.

Bist du wirklich deswegen ins Seminar gekommen?

Alle haben von dir geschwärmt. Der Romanistikdozent mit den traurigen Augen. Es war schwer, dich aus deinen Träumen zu wecken.

Paul fühlt sich, als habe er Olivia verraten, als habe sich Olivia verraten. Er spürt Gabrieles Liebe.

Die Zeit des Krankseins ist auf einmal vorbei. Paul kann nachts nicht mehr schlafen, er sitzt aufrecht im Bett und liest Olivias Brief, ihre Artikel, er formuliert Briefe an sie, die dann doch ungeschrieben bleiben. Er darf ihr nichts Verfängliches schicken. Es braucht nur eine Freundin, eine Mitbewohnerin seinen Brief bei ihr zu sehen. Er schreibt einen kurzen und zurückhaltenden Brief, er gratuliert zu ihren Artikeln. Das kommt ihm vor, als würde er sie von sich wegschieben. Er schreibt, daß er krank war, aber nichts Genaues. Er schreibt etwas von Souveränität und anderes, das ihr helfen soll.

Morgens ruft er in Düsseldorf und Dresden an. Er erklärt Frau Wagner, daß er mit seiner Familie nach Leipzig zieht, daß er sich nicht mehr um die Stelle in Düsseldorf bewirbt. In Dresden sagt er, daß er weiter interessiert und ab April in Leipzig zu erreichen ist. Diese beiden Gespräche machen ihn so müde, daß er sich wieder hinlegt und einschläft. Überhaupt schläft er ständig ein, sogar am späten Nachmittag oder am Abend, bevor Bérénice ins Bett geht. Jedesmal, wenn er wach wird, hat er an Olivia gedacht. Gabriele bringt ihm die

Süddeutsche Zeitung mit, und er liest die Artikel von »osch« auf der Suche nach einer Botschaft an ihn.

Gabriele bekommt einen Lehrauftrag in Halle, und die Bewilligung ihres Forschungsprojekts ist nur noch eine Formsache. Sie sitzen alle um Pauls Bett und trinken Champagner, um zu feiern. Die Kohlensäure brennt immer noch in seinem Mund, er spürt den Alkohol als etwas Fremdes, Unpassendes, Unwillkommenes. Es ist schon März, und manchmal hört Paul morgens von seinem Keller aus die Vögel in der Dämmerung singen.

An einem kalten und windigen Tag kann er endlich wieder reisen, sie fahren nach Leipzig, zum Notar. Der Preis ist zweihundertfünfundsiebzigtausend. Paul erlebt den ganzen Vorgang gedämpft, als sei er nicht richtig dabei, aber sie unterschreiben, die Wohnung gehört ihnen, sie haben die Schlüssel, und sie können einziehen, wann sie wollen. Paul ist zu erschöpft, um wieder zurückzufahren, er will in der Wohnung bleiben, Gabriele hat das Telefon schon angemeldet, Strom und Gas sind da, er hat seinen Schlafsack und kann sich Kaffee kochen.

Es sind lauter fremde Gerüche im Haus, nach Hunden, nach alter Kleidung, nach Lack, aber Paul ist berührt von ihrem Glück, von der Größe der Zimmer, der Ruhe, er sucht sich ein Arbeitszimmer aus, sie werden eine Putzfrau brauchen.

Er versteht nicht mehr, warum er unter Olivias Ablehnung so gelitten hat, leiden wollte, traurig sein wollte. War das eine Art Glücksgefühl?

Sämtliche Figuren und Handlungen sind frei erfunden. Alle Ähnlichkeiten mit Lebenden und Verstorbenen sind deshalb rein zufällig und nicht beabsichtigt.

Der Autor dankt
Dieter M. Gräf für das Gedicht »Ins leise Zimmer« und die Inspiration.

Als Gabriele aus Hannover anruft, ist er erleichtert. Ihre Eltern werden mit nach Amsterdam fahren und helfen, die Wohnung aufzulösen. Paul braucht gar nicht mehr dorthin. Er möchte die Stadt und das Haus nie mehr sehen. Seit seiner Krankheit hat er einen Widerwillen, nach Amsterdam zu fahren, er muß immer an die Tage mit Olivia im Gästezimmer denken.

Jetzt, am Telefon, beginnt Gabriele zu reden. Sie erzählt von der Nacht mit Boris.

Das habe ich mir gedacht, sagt Paul. Ich möchte, daß wir drei zusammen in Leipzig sind. Alles andere zählt nicht.

Ich habe überlegt, nach Halle zu ziehen, sagt Gabriele plötzlich. Mit Bérénice. Oder zu meinen Eltern und jeden Tag zu fahren. Ich hätte es nicht mehr lange ausgehalten.

Gut, daß das vorbei ist, sagt Paul.

Er denkt an die Gespräche, die vor ihnen liegen. Er freut sich darauf.

Hast du Olivia noch mal gesehen? Die wird bestimmt versuchen, sich zu rächen. Das kann dich deine Stelle kosten. Das war so leichtsinnig von dir. Es braucht nur ein Gerücht zu geben. Und wenn sie etwas über dich schreibt?

Ich glaube nicht, sagt Paul. Am besten, ihr kommt so schnell wie möglich.